hidden man – weil er NICHTS sagte

© 08.2021 - all rights reserved
Ideen haben Rechte! Das Werk ist einschließlich aller seiner Teile urheberrechtlich geschützt.
Jede urheberrechtswidrige Verwertung ist unzulässig.
Alle Rechte sind vorbehalten, insbesondere die Rechte der gesamten Reproduktion/des Nachdrucks sowie der Verbreitung und Übersetzung.
Kein Teil des Werkes darf in irgendeiner Form (weder durch Fotokopie, digitale Verfahren sowie PC-Dokumentation) ohne schriftliche Genehmigung des Autors bzw. des Verlages reproduziert oder in Datenverarbeitungsanlagen sowie im Internet gespeichert werden.
Text: Charlotte Engel
Covergestaltung und -umsetzung: Elena Barschazki
Coverabbildung: Adobe Stock
Satz und Layout: Elena Barschazki
ISBN 978-3-96200-537-5
Druck: Verlagsgruppe Verlagshaus Schlosser
D-85652 Pliening • www.schlosser-verlagshaus.de

Printed in Germany

hidden man – weil er NICHTS sagte

Charlotte Engel

Er, eines von mehr als 10 Kindern, versuchte,
mich zur Straftäterin zu machen,
obwohl ich keine bin.

Er ist ein Straftäter, aber ich habe ihn
nicht dazu gemacht.

Eindeutig: Eine Liebesgeschichte.

Eine wahre Geschichte?!

Kapitel I

1
Die gemeinsame Arbeitszeit

Es war eine intensive Arbeitszeit, viel zu tun in seinem Bereich. Rückstände von bald 10 Jahren abarbeiten.
Er galt als brillant, ein unglaubliches Wissen, eine überbordende Intelligenz und unübertroffen gut. In seinem Fach.
Jeden Mitarbeiter hat er auf seine Art fachlich fertig gemacht, so, wie es jede Person eben in seinen Augen verdient hatte. Er war schließlich der Beste und konnte alle und alles bewerten, abwerten, aufwerten und wieder abwerten. Je nach seinem Belieben. Ein Narzisst. Von sich selbst überzeugt. Scheint nie etwas anderes gehört zu haben, als dass er der Beste sei. Vermutlich.

In seiner Schule, ein Gymnasium, fragte man ihn und seinen Bruder allerdings, was er hier suche, aus einer Armengegend der Stadt, ein Kind von mehr als 10 Kindern, von einer Mutter. Wer tut einer Frau so etwas an? Religiös? Wohl kaum, kein religiöser Vater drischt seinen Sohn. Oder doch? Er hat es selbst gesagt, Mr. X, als er noch mit mir redete, als die Welt noch in Ordnung war und ich alles verstand, was ablief. Es war am

08.09. um 13:15 Uhr, als die Welt noch in Ordnung war.

Ich sage Euch, man muss NICHTS sagen, um jemanden ultimativ zu verletzen, zu vernichten, die Seele eines anderen versuchen, zu zerstören, fertig zu machen, die Ehe zu zerstören, den Job zu rauben, die Familie zu zerstören, die Unschuld zu nehmen, das Ansehen, den Ruf, die Möglichkeit, klar zu denken. Es reicht, einfach NICHTS zu sagen. So, wie er es getan hat.

Und nun bin ich mit Euch schonungslos ehrlich. Ihr bewertet für Euch, was hier wirklich geschah. Denn ich weiß es nicht.

2
Wie alles begann

Ich habe mich am 08.02. des Vorjahres auf eine Interessensauschreibung im Hause gemeldet, gesucht wurde eine Mitarbeit in seinem Arbeitsbereich. Schwierig. Es war in seinen Bereich. Keiner wollte wirklich mit ihm arbeiten, jeder im Haus fürchtete sein hartes, fachliches Urteil, mit dem er nicht hinter dem Berg hielt, gerne führte er fachlich die „Flaschen" auch im Beisein anderer vor, Hauptsache der Abstand zu ihm erhöhte sich und man bekam Angst vor ihm. Das hält alle auf Distanz. Viel Feind, viel Ehr.

Daher meldeten sich auf die Interessensauschreibung nur 4 Leute. Ich war es von Haus aus gewohnt, mit jemandem direkt zusammenzuarbeiten, der höchste Ansprüche an die Konzentration auf die Befolgung der Anweisungen legte, mein Vater, ein Ausbilder bei der Waffen-SS ab 1942. Er wurde im Februar 1942 am linken Auge verletzt. Der Splitter der Handgranate blieb in seinem Schädel hängen, ein anderer Splitter riss sein Auge aus. Er hatte bereits mit 22 Jahren ein Glasauge erhalten. Aber er blieb am Leben. Er musste im Schützengraben im Stehen schlafen und das war nicht so schlimm, wie zu Hause, wo er auf dem Heu-Sack schlief, als Kind der ärmsten Familie des Ortes. Mein Vater machte neben seinem Job auf dem Gutshof reichlich Sport, andernfalls hätten sie ihn bei der Front-SS niemals genommen. Hitlerjugend, Waffen-S. Er war stolz. Er erhob höchste Ansprüche an sich, an andere, an mich, die sehr spät in seinem Leben geboren wurde. Ich musste meinem Vater gehorchen. Er hatte dauernd Schmerzen. Ich war an die höchsten Ansprüche gewohnt, an Gehorsam und umsetzen, nicht geäußerter Wünsche, um ihn nicht aufzuregen, was ihn zur Weißglut gebracht hätte, dann hätte er noch mehr Schmerzen bekommen. Dachte ich. Also war ich mit dieser Vorbereitung genau die Richtige für Mr. X.

Ich taugte bei meinem Tun für die Ansprüche des Mr. X. Ähnlich hoch, wie die meines Vaters. Ganz, wie ich vorbereitet wurde, 25 Jahre lang, zu Hause.
Die anderen 3 Interessenten taugten in seinen Augen nicht.

Wir pflügten die Themen durch, schnell, zielgerichtet, intensiv, immer kürzere Absprachen, er war mein Vorgesetzter. Alles passte. Die Absprachen, schwindelerregend schnell, konzentriert, auf den Punkt gebracht. 5 schwierige Sachverhalte in 5 Minuten. Nur die Knackpunkte besprechen. Ohne großartige Abschlussfloskeln, Auflegen. Mehr nicht. Das war ok. Anfragen per E-Mail in sekundenschnelle beantwortet. Genau auf den Punkt gebracht. Meine 15 Seiten in 3 Minuten gelesen, überarbeitet, fehlende Buchstaben verändert. Sonst nichts. Es war prima. Er war ein Ass. Ja. Ich war sehr nahe dran, habe ihn hautnah mitbekommen. Zu nah? Wir werden sehen!

3
Gefallen finden

Es war der Gerichtstermin im letzten Jahr, 14.05. Eine

Kollegin und ich waren in dem Erörterungstermin, nach 15 Monaten im Bereich, war ich zum ersten Mal vor Gericht. Ich wollte von ihr lernen, es gab nichts zu lernen. Auf ihrem Schoß die Unterlagenmappe, darin die Kopien, lose, sie rutschten ihr vom Schoß, vor und unter den Tisch der gegnerischen Seite, vor und unter den Tisch des Richters, vor und unter ihren Tisch.
Ich musste mich nicht nur fremdschämen, sondern auch fachlich die Stellung halten, damit die Situation von der gegnerischen Seite nicht ausgenutzt wird, was gekommen wäre. Es war unerträglich. Die Hitze und die Situation. Wie ich arbeiten musste und andere konnten es sich leisten, nachzulassen.

Ich kam aus dem Sitzungssaal, vermutlich hochrot im rosa Cordblazer, lange Haare. Draußen im Wartebereich saß er. Er sah nicht aus, wie 64! Gestylte grau-schwarze Haare, groß, schlank, gepflegte Hände, manikürte Fingernägel, schwarze Lederjacke, weißes Hemd. Er sah aus, wie Anfang 50 oder so alt wie ich eben. Blendend. Ich beschwerte mich über die Kollegin und hörte mich an, wie er, wenn er über die anderen abschätzig redete.
„Schalten Sie einen Gang runter" sagte er. Ich dachte, dann drehe ich ja noch höher. Ich muss einen Gang höher schalten, Intelligenzbolzen!

Er war dran, in den nächsten Erörterungstermin zu gehen. Wir verabredeten uns für den kommenden Montag, 18.05. in seinem Büro, um über meinen Termin zu sprechen.
Er hatte über mich nachgedacht, machte die Türe zu, setzte sich auf seinen Schreibtischstuhl. Ganz der Vorgesetzte, rechtes Bein über das Linke, zurückgelehnt, Kleidung von einem Outdoor-Bekleidungs-Unternehmen. Seine Frau arbeitet dort.

„Ich weiß, weshalb Sie im vorigen Bereich nicht so gut ankamen! Sie haben es die Vorgesetzten spüren lassen, dass sie ihnen fachlich nicht genügen." Er befasste sich mit mir. Es lag ihm daran, dass es keiner hört, was er mit mir sprach, er hatte die Tür energisch zum Nachbarraum geschlossen und setzte sich schnell wieder. Warum sollte es keiner hören? Er redete noch einige Zeit über mich. Er hatte sich nicht nur einen Moment Gedanken über mich gemacht.

Die nächsten Monate nahm die Geschwindigkeit der Arbeit immer mehr zu, wurde noch effektiver. Der Rückstand musste abgearbeitet werden, denn er musste in den Ruhestand gehen. Davon wollte ich nichts hören, alles passte bei der Arbeit mit ihm. Die meisten seiner unerledigten Fälle übertrug er mir. Er konnte sie mir geben. Sie waren in guten Händen.

Am 31.07., es war kurz vor seinem vorletzten zweiwöchigen Urlaub um 16:50 Uhr am Telefon. Wir planten den August. Ich erklärte, dass ich eine Woche zeitversetzt meinen Urlaub nehmen werde. Er meinte, dass „wir es schon aushalten werden, ohne einander." Auflegen.

Es gab ein „wir"? Was meint er mit „aushalten"? Sehnsucht nacheinander? Mehr? Ich hielt das Arbeitshandy in der Hand. „Wir"? „Aushalten"? Diese Rhetorik war nicht fachlich. Hatte ich irgend etwas übersehen? Gab es eine andere Ebene, die sich entwickelt hat? Eine Nähe?
Fortan war meine innere Ruhe dahin. So hatte ich die Arbeitsbeziehung nie gesehen. So schnelle Antworten, er wollte mich fachlich entwickeln. Gab es mehr und ich hatte es nicht bemerkt?

Es baute sich in mir eine neue gedankliche Schiene auf. Er. Er war präsent und ergriff Raum. Täglich mehr. Drei unruhige Wochen folgten, der Satz schoss unentwegt durch meinen Kopf und fegte jegliche Ablenkung hinfort. Ich überdachte unsere Arbeitsbeziehung und filterte persönliche Äußerungen heraus.

4
An seinem Schreibtisch

Er war im Urlaub, ich setzte mich in seinem Büro an seinen Schreibtisch. Ich war alleine. Ich betrachtete das Bild seiner Familie.

Die Frau, ich nenne sie Rita, da ich nicht weiß, wie sie heißt, stützt sich auf eine Tochter, auf die rechte Schulter von ihr. Daneben noch eine Tochter, davor in vermutlich typischer Pose, der Sohn. Mr. X etwa 30, 40 cm abgesetzt, seitlich gedreht ins Bild schauend. Mit dem Oberkörper leicht nach vorne gebeugt. Wie ein Gast.

Nun kann das ganze inszeniert sein, da die Person, welche das Bild macht, immer mit in das Bild gerechnet werden muss. Es kann also eine choreographische Aufstellung sein. Aber ich glaube nicht! Sie alle haben sich automatisch so hingestellt. Weil jeder gerne so ist, wie er sich abbilden lässt.

Ich sah seine Frau an und sagte zu ihr: „Rita, Du siehst Deinen Mann nicht! Von Deiner Warte aus, nimmst Du ihn nicht wahr! Richtig, Rita? Warum baust Du Deine Kinder zwischen Dir und Deinem Mann auf? Siehst Du ihn überhaupt? Willst Du ihn sehen? Ist er Dir zu viel? Willst Du lieber mit Leuten beschäftigt sein, Kindern, Freunden, Bekannten, Sport, Kochen, Backen, sonst etwas, damit Du es mit diesem vielleicht anstrengend empfundenen Mann nicht wirklich zu tun hast? Muss im Urlaub immer deshalb noch jemand dabei sein, weil Du es mit ihm alleine nicht schaffst? War es gut, dass er oft im Ausland war, damit er mit seinen von Dir als zu viel empfundenen Ansprüchen zurechtkommt, intellektuell ausgelastet ist und Du nicht verantwortlich, zuständig bist, da er für Dich überfordernd ist? Richtig, Rita?"

Rita, sagte ich ihr, vor dem Bild stehend, ich erzähle Dir die Geschichte von Herrn Hein, einem ehemaligen Vorgesetzten, 20 Jahre her. „Herr Hein wurde 60 und am Tag nach seiner Feier, kam ich in sein Arbeitszimmer. Es war etwa 7:15 Uhr. Ich, damals sehr ungewöhnlich drauf, fragte ihn: „Herr Hein, wovor haben Sie am meisten Angst?" Er schaute mich erstaunt an und bat mich zu sich ans Fenster: „Sehen Sie den Gehweg?" „Ja, sehe ich." Er: „Manchmal laufen hier Paare, gleiche Hose, gleiche Jacke, gleiches Hemd, beide. Davor habe ich Angst. Was habe ich gesagt?"

Ich schaute ihn an und sagte: „Sie wollen mit Ihrer Frau nicht „gleichgeschaltet" werden, Sie wollen ihre Eigenständigkeit behalten, nicht in den Sog der Verhältnisse gezogen werden, die für ihre Frau gelten.

Sie wehren sich dagegen und wollen für ihren Intellekt, zum inneren Überleben, noch etwas mit mehr Anspruch haben, nicht vereinnahmt werden und eine mentale Erfüllung erwarten dürfen, was Sie befürchten, bei ihrer Frau und ihrem Sohn nicht zu erhalten. Vor ihnen baut sich ein Meer an Essen, Kuchen, Fürsorge für Sie und ihr Befinden, ggf. ihre Krankheit auf und Sie fühlen sich eingesperrt, vereinnahmt, verwaltet, vereinsamt. Sie befürchten, so zu werden, wie ihre Frau und das wollen Sie nicht. Sie geben eben nach, des Anstandes wegen, der Ehre und ihres christlichen Glaubens wegen, da Sie doch ein rechtschaffener Mann, gläubig und christlich sein wollen und ihr eigentlich nicht den Rücken kehren wollen, da sie Sie vorbildlich versorgt, aber auch nur das. Wohin sollten Sie auch gehen, ggf. mangels Alternative. Richtig?"
Herr Hein schaute mich entsetzt an und meinte: „Sie haben an Ihrem Schreibtisch sicher jede Menge zu tun, jetzt". Ich: „Sie könnten Germanistik ab 60 studieren und Bücher schreiben." Er: „und Sie gehen zur Telefonseelsorge". Er studierte Germanistik. Ich ging zur TS.

5
August

Nach meinem Urlaub begann ich die Arbeit im

nördlichen Büro. Er fragte in den E-Mails, ob wir uns „dennoch" im südlichen Büro, 70 Km südlich, sehen würden. Klar, wenn er so fragt!
Als ich ihn wieder sah, war es wie ein Overboost! Außen und innen war er abgebildet. Ich war am 24.08. völlig fertig. Er saß in meinem Büro. Er war innen und außen. Ich fühlte mich, als hätte ich Drogen genommen. Er ging erst nach Stunden aus meinem Zimmer.

Wir sprachen Fachliches ab, ich konnte nicht mehr schlafen.
26.08. Ich muss es ihm sagen. Er wird bald gehen. Es war mitten in der Nacht 04:11 Uhr als ich die E-Mail schrieb, die ich vielleicht besser niemals geschrieben hätte. Ich schrieb, dass ich in seinem Ruhestand wissen möchte, wo er ist, dass es ihm dort gut gehe und dass er noch lebe. Dass es mir sehr wichtig sei, und zwar schon sehr lange. Ich duzte ihn.

Ich hätte diese E-Mail vielleicht nie absenden sollen. Sie hat mein Leben verändert. Oder war es sein Satz vom 31.07. oder was war es wirklich? Es war ein Schicksalssatz.

Er meldete sich auf diese E-Mail nicht. Die erste E-Mail, die nicht beantwortet wurde. Plötzlich Stille.

NICHTS.
Es war unerträglich. Am 26.08. und 27.08. Und schließlich hielt ich es nicht mehr aus. Ich rief ihn an, wollte Planungen machen für die kommende Woche. Er meinte, dass wir wohl nun wieder beim „Sie" seien. Er wollte ein klärendes Gespräch unter Zeugen.

Was wollte er? Was muss denn geklärt werden? Was habe ich getan? Ihm gesagt, wie es um mein Herz steht? Dass ich wissen will, in seinem Ruhestand, wie es ihm geht? Wollte ich mehr? Und das soll ich nun outen vor einer Kollegin? Er schlug die Leitung des Hauses vor, die das Gespräch begleiten soll.
Was? Die Chefetage? Wieso? Was habe ich getan? Hatte er der Leitung des Hauses bereits berichtet? Ich fühlte mich angegriffen, bestraft, wusste nicht, was ich getan habe. Und so blieb es noch Monate. Doch, der Reihe nach.

Ich war völlig irritiert. Was hatte ich falsch verstanden? Warum wurde meine E-Mail nicht diskret behandelt? Warum wurde Öffentlichkeit bei mir geschaffen? Ich kannte mich plötzlich nicht mehr aus. So etwas habe ich noch nie erlebt! Ein solches Herzensthema muss man doch pfleglich und diskret behandeln! Wenn er so viel Nähe nicht haben will, dann soll er es sagen, in

aller Diskretion! Aber hier war keine Diskretion!
Die E-Mail war nicht für die Öffentlichkeit gedacht. Wir hatten wunderbar miteinander funktioniert. Was war denn nun falsch daran, dass ich ihm meine Gefühle zeige? Er muss doch eh bald in den Ruhestand gehen. Ich bat um das Beisein einer anderen Kollegin, mir nicht allzu bekannt, aber jedenfalls nicht die Leitung des Hauses.

Es war unerträglich, das Wochenende, die Zumutung, die Öffentlichkeit, mein schlechtes Gewissen, dass ich, ehrliche, rechtschaffene Frau, solche Gefühle für meinen Chef hege und das in einer funktionierenden Ehe mit 3 erwachsenen Kindern. Ich, die anständige Christin! War das alles hier christlich? Ich fühlte mich, als wäre ich an die Wand gelaufen. Doch zu diesem Zeitpunkt hatte ich keine Ahnung, was unerträglich bedeuten kann. Noch lange nicht.

Das klärende Gespräch fand statt am 31.08. von 08:59 bis 09:22 Uhr. Wir liefen an einen kleinen See, in der Nähe. Zu dritt. Er lehnte sich, neben mir auf der Bank sitzend, weit nach vorne, seine Ellenbogen auf die Knie gestützt und meinte zu der E-Mail vom 26.08., dass er zunächst dachte, diese sei nicht für ihn bestimmt. Die könne ihn nicht betreffen. Warum ich

diese E-Mail geschrieben hätte, wollte er wissen.
Ich erklärte, dass ich lediglich wissen wollte, wie es ihm im Ruhestand geht. Mehr nicht.

Er erklärte, er hätte kein Interesse an mir. Er schaute mich nicht an. Meinte er mich? Sprach er von mir?

Um das ging es also, um Interesse an ihm? Hatte ich so etwas angedeutet? Mit welchem Wort? Bedeutete das, was ich in einem Satz gesagt habe, dass ich Interesse an ihm habe? Kann man das so werten? Er schon.
So habe ich es noch gar nicht bewusst wahrgenommen. Er musste doch in den Ruhestand gehen.
Ich wollte ihn nur ab und zu sprechen, generell wissen, wie es ihm geht, ab und zu! Ich machte mir doch keine Illusionen, dass wir ein Paar werden! Das hätte ich doch anders formuliert!
Was hatte er falsch verstanden? Er ist verheiratet und hat 3 erwachsene Kinder und ich bin verheiratet und habe 3 erwachsene Kinder. Alles bleibt, wie es ist.

Hatte er nicht die persönliche Ebene geöffnet mit dem Satz am 31.07.?

Er fügte an, er möchte diese Sitzung, weil doch „so

etwas" meistens „der Mann" beginnt oder „dem Mann" angehängt wird.

„So etwas". Ich musste etwas Schlechtes getan haben. Mein persönliches Interesse an seinem Wohlergehen und dass ich es wissen wollte, musste etwas Schlechtes sein. Etwas Unerwünschtes, etwas Unsauberes, etwas Verwüstendes, Beschmutzendes! Es musste abgestellt werden.

Er sei ein glücklicher Mensch, meinte er.
Ja, habe ich nie bezweifelt. Ich wollte nur mein Interesse an seinem Wohlbefinden bekunden. Vielleicht wollte ich ihm auch mitteilen, dass ich ihm zugetan bin. Jedenfalls wusste ich, dass er in den Ruhestand gehen würde. Das war doch kein Beziehungsangebot! Er hatte es in den falschen Hals bekommen. Eindeutig! Ich war entsetzt!

Ich fragte ihn beim Zurücklaufen zum Büro, am 31.08., wem er die E-Mail gezeigt habe. Er meinte, seiner Frau und deren Schwester. Vermutlich auch der Leitung des Hauses und wer weiß noch, wem. Er hatte reichlich Öffentlichkeit geschaffen, hinsichtlich meiner Person. Ich fühlte mich elend. Wehrlos, ausgeliefert, irritiert.

Das Interesse an einer echten Beziehung wird anders formuliert. Er haute aber schon gleich mit der Riesenkeule auf diese distanzierte Bekundung, dass ich an seinem Befinden interessiert bin, wenn er im Ruhestand ist. Ich fühlte mich in eine Wahrnehmung gedrängt, die ich nicht wirklich beabsichtigt hatte.
Hatte er mit solchen E-Mails oder Bekundungen bereits schlechte Erfahrungen gemacht? Hatte man ihm bereits in der Vergangenheit etwas angehängt? War da bereits etwas gelaufen und ich musste mir diese Begebenheit nun anrechnen lassen? Ich hatte das Gefühl, dass ich für etwas bezahlen muss, was ich gar nicht getan hatte. Er meinte doch nicht diesen harmlosen Satz! Es muss etwas vorgefallen sein, so dass er seiner Frau sofort demonstrieren muss, wie rechtschaffen er sich doch verhält und sie umgehend informiert, wenn (wieder) „so etwas" passiert. Es wurde mir ein Verhalten, ein Ereignis vor meiner Zeit irgendwie angerechnet. Ansonsten würde doch die Reaktion nicht so heftig ausfallen.

Beim Absenden der E-Mail dachte ich, er steht souverän, wie sonst auch, über den Dingen und meldet salopp zurück: „Werde mich ab und zu melden und Ihnen berichten ;-)".

Ein Verhalten in dieser Art hatte ich erwartet. Mehr nicht! Souveränität, Humor, Gelassenheit. Doch kein Straftribunal!

Andere Kollegen im Ruhestand melden sich bei uns ehemaligen Mitarbeitern ebenfalls, in unregelmäßigen Abständen, um zu sagen, wie es ihnen geht, senden Postkarten, Weihnachts-E-Mails und Meldungen über momentane Krankheiten und dass sie sich im Fitness-Center angemeldet haben. Schicken Fotos mit den Enkeln und Bilder vom Bau eines Baumhauses, welches sie im Ruhestand gefertigt haben. Normal eben.

Aber hier war nichts normal. Das sollte ich nun und in den folgenden Monaten lernen!

6
Eine Woche später

Das Arbeitsverhältnis normalisierte sich schnell wieder. Die alte Geschwindigkeit, wie er meine Texte las und weiterleitete zum Sekretariat.
Das klärende Gespräch geriet in den Hintergrund.

Am 08.09., eine Woche und ein Tag nach dem klärenden Gespräch, 08:15 Uhr, kam er in mein

Arbeitszimmer. Eine andere Kollegin war ebenfalls im Raum. Wir verabredeten unsere nächste fachliche Absprache, er meinte, wir hätten um 09.00 Uhr unser „Date". Er grinste. Was soll das? Er ist nicht der Typ für Spielereien, das hat er doch vergangene Woche gezeigt. Er zündelt gerne mit dem Feuer!

Die Besprechung dauerte 3 Stunden. Ich fragte ihn, was er im Ruhestand so tun wolle, er, der nie etwas anderes getan hatte, als Fachliches. Er wolle sich um sich als „Mann" kümmern.
Ich bat ihn, eine Kollegin aus seinem Zuständigkeitsbereich, der es an diesem Tag gesundheitlich nicht gut ging, nach Hause zu schicken. Er meinte, „wer fragt denn mich, wie es mir geht? Ich bin heute kaum aus dem Bett gekommen, vor Schmerzen." Ich meinte, „ist mir irgend etwas entgangen?" Ich hatte nichts von seinen Schmerzen wahrgenommen.
Er schickte die Kollegin nach Hause.

08.09. nach seiner Mittagspause, 13 Uhr. Ich stand in seinem Arbeitszimmer, wir kamen selten auf persönliche Themen. Wir sprachen über unsere Väter. Ich sagte, dass ich nie ein Lob zu Hause erhielt. Er meinte, es kann auch schlimmer sein, er wurde geschlagen.
Mehr als 10 Kinder und er wurde geschlagen. Es

musste eine anstrengende Kindheit gewesen sein.

14:15 Uhr, wir hatten eine fachliche Diskussion in meinem Arbeitszimmer. Es musste etwas bewertet werden, einige Kollegen standen in meinem Arbeitszimmer. Er kam und diskutierte mit und lächelte mich an, zwinkerte mit den Augen und ich bemerkte, er flirtet mit mir. Er tat es in geübter Manier. Ich hatte noch nie geflirtet und war hingerissen. Er strahlte mich an und ich strahlte zurück. Ich fragte mich, war das klärende Gespräch nicht ernst gemeint? Er hatte anscheinend doch Interesse an mir!

Er hörte nicht auf, Werbung für sich zu machen, mehr als sonst, er lachte mich an, ich lachte zurück und er blickte mir auf dem Flur stehend, 20 cm neben mir, direkt, voller Begehren und intensiv in die Augen. Er wartete.
Mir wurden die Knie weich, ich hatte solch einen Blick noch nie gesehen! Was sollte ich tun? Ich konnte nichts mehr tun. Ich konnte nur den Empfang des Blickes mit einem Lächeln bestätigen, mehr ging nicht, ich war wie benommen. Es standen die Kollegen direkt neben mir im Raum und er blickte mich so auffordernd an. Die Hotels waren geöffnet. Ich konnte nicht.
Es war ein entscheidender Moment. Nein, es war

DER entscheidende Moment. Es war meine entscheidende Reaktion, die alles verändern sollte. Kein Stein blieb auf dem anderen.

Er verschwand eilig über die Treppe und verließ das Gebäude. Er nutzte nicht den Aufzug. Ich war bei meinen Kollegen mit dem Fachlichen weiter befasst. Was war geschehen? Was sollte der Blick? Was habe ich getan? Was wollte er? Habe ich mich richtig verhalten?

Sagt Ihr es mir da draußen! Was hättet Ihr getan an meiner Stelle?

Fortan war der Blick in mein Gehirn eingebrannt. Ein wunderschöner Blick. Er war von solch einer Wucht, dass er mich wie ein Blitz durchfuhr. Ich hielt es nur etwa 3 Sekunden aus. Er war so intensiv!
Also wollte er doch etwas von mir! Von wegen, kein Interesse! Das stimmte genauso wenig, wie die Tatsache, dass er ein glücklicher Mann sei, wenn ihn doch Schmerzen plagen.

Am nächsten Tag war er im Homeoffice. Ich fragte in einer SMS auf sein Arbeitshandy, ob er am Morgen gut aus dem Bett gekommen sei. Er antwortete, dass es „an diesem Morgen gut war. DANKE."

Ich war zufrieden, die Welt war in Ordnung. Wir hatten eine Beziehungsebene. Ich fragte nach ihm, nach seinem Befinden und er antwortete. Es entwickelte sich etwas, er war mir nicht böse, dass ich nicht mit ins Hotel ging. Vielleicht hatten wir ja noch Zeit. Es wäre besser, wir haben eine Beziehung, wenn er nicht mehr mein Chef ist.

Ich schrieb am Folgetag, dass ich annehme, dass er vielleicht Rheuma habe, da ich bei der Telefonseelsorge einmal eine Anruferin hatte, die jeden Morgen vor dem Aufstehen erst eine Prüfung des körperlichen Zustandes machen musste. Auch sie hatte morgens Schmerzen, im Bett. Er kommt dafür aber sehr positiv rüber, sehr kraftvoll.

Er versuchte mich mit dem Festnetz in seinem Arbeitszimmer am Folgetag, dem letzten Tag vor seinem letzten Urlaub, vor dem Ruhestand, um 16:31 Uhr noch einmal zu erreichen. Das erkannte ich erst 5 Monate später.

7
Warten

Es kam sein letzter Urlaub. Es waren wieder zwei Wochen.

Ich konnte nun noch weniger schlafen. Ich musste sehr viel nachdenken.

Wie viel war ich bereit zu geben? Welche Beziehung wollte ich mit ihm in seinem Ruhestand eingehen? Er wollte offensichtlich mehr! Ich hatte ihn auf dem Flur stehen lassen. Ich kannte einige Frauen, die mit ins Hotel gegangen wären, die dem auffordernden Blick umgehend nachgekommen wären, zunächst Kaffee trinken gehen oder was auch immer gesagt wird, um dann ins Hotel verschwinden.

Ich kannte mich als anständige Frau mit solchen Dingen nicht aus. Auch hatte ich nie geflirtet. Er schien allerdings sehr bewandert zu sein. War das sein normales Verhalten? Ist er ein Womanizer? Wer ist er, der mir eine Woche und ein Tag zuvor sagt, dass er an mir kein Interesse hat und dann mit mir flirtet, dass es mir schwindelig wird?

Hatte ich mich richtig verhalten? Wollte ich mehr? Ja! Ich würde alles für ihn stehen und liegen lassen. Meine Familie, mein Haus, alles. Jetzt hatte sich der Entschluss gebildet. Vor einer Woche war ich nur an seinem Wohlbefinden im Ruhestand interessiert. Jetzt war ich bereit, eine Beziehung mit ihm zu führen.

Sein Urlaub war zu Ende. Ich rief ihn an, um mit ihm den nächsten Sachverhalt zu besprechen, das Gewesene abzustimmen. Er meldete sich nicht. Er ging nicht ans Telefon! Ich schrieb ihm eine fachliche E-Mail. Er antwortete nicht.

Was war nun wieder? Jetzt, wo er mich so weit hatte, wie ich am 08.09. gesehen habe, dass er mich haben will, jetzt ignoriert er mich? Habe ich in seinen Augen schon wieder etwas Falsches getan? Wie bei der ersten persönlichen E-Mail vom 26.08., die das klärende Gespräch zur Folge hatte? Erst verhält er sich, dann reagiere ich und dann straft er mich für meine voraussehbare Reaktion!
Ich wollte ein Gespräch, so wie er es von mir erhielt am 31.08. In einer energischen SMS am 30.09. auf sein Arbeitshandy schrieb ich, dass ich mich treffen wollte, gerne am Bahnhof bei einem Kaffee und schlug dabei einige Uhrzeiten vor.

Er ging später doch ans Telefon. „Wollen wir es nicht beim Dienstlichen belassen?" War das eine Option? Hatte ich ein Mitbestimmungsrecht?
Nein, hatte ich nicht. Er kam wieder ins Büro. Deutlich unterkühlt. Nichts mehr von dem begehrenden Blick. Er musste nun bald gehen. In drei Wochen.

Ich plante seinen Abschied. Eine kleine Feier. Obwohl er garstig zu mir wurde. Kühl, kurz angebunden. Ich forderte ihn auf, doch eine kleine Rede zu verfassen. So 5 Minuten. Es sollte eine Feier mit Fotos werden. Als Erinnerung für mich. Er verhielt sich widersprüchlich. Lief an meiner Tür vorbei und schaute an die gegenüberliegende weiße Wand, obwohl es dort absolut nichts zu sehen gab. Er wich meinem Blick aus. Rückzug oder Abwehr? Ich wusste es nicht. Es war eine nagende Frage.

Die fachlichen Absprachen wurden konfrontativ, angespannt. Er wollte plötzlich seinen Nachfolger dabeihaben, die Tür blieb offen. Als ob ich etwas falsch gemacht hätte. Er beobachtete mich, wie ich seine Bewegungen mit den Augen verfolgte, die Haare werden gerichtet. Die Hände positioniert. Alles beobachtete ich. Es sollte entscheidend werden, was ich beobachtete und wahrnahm. Ohne irgendwelche Worte.

Am 14.10. wartete ich nach seiner Mittagspause auf ihn. Ich ging hinter ihm in sein Arbeitszimmer, schlich mich nach ihm in die Tür. Er behielt die Jacke an und hielt sich mit beiden Händen rechts und links am Reißverschluss fest.
Ich fragte, was ich getan hatte, dass er mit mir plötzlich

so anders umging.

Wieso, meinte er, er behandele mich, wie eine ganz normale Kollegin. Das war nicht so. Vorher nicht und in letzter Zeit schon gar nicht! Er schien von meiner Reaktion am 08.09. enttäuscht zu sein.

Ich meinte, dass ich dachte, es gäbe ein „wir". Äußerungen, wie „Wir werden es schon aushalten, ohne einander" oder „Sehen wir uns dennoch im südlichen Büro." Ein „wir" eben.

Er antwortete, dass ich auf „den Pfad der Tugend" zurückkehren solle. Ich erklärte, dass doch nichts passiert sei. „Aber das war schon, also, also….", er schaute aus dem Fenster und holte tief Luft, er meinte den Flirt. Als ob ich mir den Blick alleine zugeworfen hätte. Ich habe ihn mir auch nicht eingebildet. Er kam von ihm!

Er befände sich „in einem festen Umfeld", fügte er hinzu. Ich bestätigte, dass ich ihn nicht aus dem „festen Umfeld" holen wolle.

Aber was war der Blick dann? Ich kapierte es nicht! Ich gab ihm einen kleinen Schutzengel als Abschiedsgeschenk und sagte, dass er der beste Chef aller Zeiten für mich war. Ich musste aus dem Zimmer gehen.

Er verdrehte die Tatsachen. Er gab nichts zu und wollte die Wahrheit nicht sagen.

Hätte er gesagt, „ich liebe meine Frau", wären all meine Gefühle im Keim erstickt worden, aber das hat er nicht! Ein „festes Umfeld" klingt, wie eine unbefristete Arbeitsstelle, eine Festanstellung; ein Gefängnis, eine Anstalt, in die er zurückkehren muss, aus ggf. in der Vergangenheit liegenden Gründen, sicher nichts, was er wirklich möchte, wohin er sich freut, zu gehen. Fast, wie eine Entschuldigung klang dieser Satz nach. An innerlich unbeteiligter Lieblosigkeit kaum zu überbieten!

8
Sein Abschied

Ende Oktober kam sein Abschied. Alles war perfekt. Die Organisation, das Buffet, das von mir vorbereitete, elektronische Spiel, viele Kollegen waren gekommen. Reichlich Luftballons, am Whiteboard: Bye-Bye Mr. X, eine Vergrößerung eines Passbildes von ihm, das ich von unserem Vorgesetzten erhielt.

Abschiedsrede des Vorgesetzten, seine Rede. Ausschließlich an mich gerichtet. Woanders schaute er nicht hin. Ich verstand die Welt nicht mehr! Was jetzt?!

Er lehnte sich mit beiden Armen auf das Rednerpult. Stützte sich, hielt beide Hände gefaltet.
Das Geschenk wird überreicht. Die Abschiedsgäste unterhalten sich mit ihm. Er steht vor mir, ich berühre ihn kurz am Oberarm. Zum ersten und einzigen Mal. Er blickt zu mir, hatte die Berührung registriert. Nicht strafend, nur, dass er es wahrgenommen hatte. Er blinzelte kurz, wie er es immer tat bei mir. Liebevoll.

Alle kamen, wie von mir geplant. Jeder erhielt ein Zeitfenster. Es klappte, wie am Schnürchen. Stehtische, Einzelgespräche. Er stellte sich bei jedem Gesprächspartner in meine Blickrichtung und schaute mich den ganzen Vormittag an. Ich saß am Laptop, überwachte, dass alles gut lief. Der Blick ins Handy des Vorgesetzten, Video von den künstlerischen Werken seines Sohnes. Er stand neben mir. Es knisterte irgendwie. Ich hätte seine Hand auf der Stuhllehne nicht berühren oder gar nehmen können. Warum nicht? Keine Ahnung, eine riesige innere Hemmung. Es wäre nicht richtig. Noch nicht?

Er gab mir seine private E-Mail-Adresse um 12:15 Uhr. Er schwitzte, zwei Schweißperlen auf seiner Stirn. Ich hatte 3 Stühle hingestellt. Ich dachte mir, falls er sich setzen möchte. Wir verabredeten uns zu einem

Kaffeetrinken. Vielleicht in der Adventszeit. Also nicht so schnell. Ich wollte noch nicht, ich brauchte Zeit.

Er sagte um 12:30 Uhr, dass er nicht mehr so lange stehen kann und sah mich mit einem intensiven Blick dabei an. Er verabschiedete sich von allen Leuten und ich hörte aufmerksam zu, was er sagte. Er macht Tiffany-Glaskunst, er möchte Zeit haben für die vielen Bücher zu Hause, will wissen, was die Maler denken, wenn sie malen. Wer war er wirklich?
Es kam ihm surreal vor, dass er nun gehen müsse, meinte er. Fahrradtouren in Nordeuropa seien geplant. Seine Frau wolle am jetzigen Wohnort bleiben, die Kinder seien hier. Er klingt so passiv. Hier bei der Arbeit gab er ein anderes Bild ab. Dort fügte er sich.
Er hatte für jeden im Sachgebiet eine von der Familie vorbereitete Schokoladentafel. Herzchen darauf, gar nicht seine Art. Es war wohl eine Tochter, die sich ins Zeug legte für ihren Vater. Welches Bild gab er zu Hause ab? Etliche Kuchen hatten sie gebacken. Er erzählte nur einmal, dass er von seinen Kindern nicht so begeistert ist. Der Sohn, naja, vielleicht wird er noch. Eine Tochter vielleicht. Kein Wort, von seiner Frau. Auch zu den Kollegen nicht, wie ich später erfahren sollte. Niemals.

Es blieben viele Schokoladentafeln übrig. Er war von

vielen Kollegen nicht geschätzt worden, insbesondere, wenn er sie öffentlich fachlich demontiert hatte, sie blieben der Veranstaltung fern. Sie wollten ihn auf keinen Fall wieder sehen.
Ich sagte ihm zu, die restlichen Tafeln zu verteilen. Wir sprachen in einem unbelegten Zeitfenster beieinandersitzend die Namen durch, wer noch eine Tafel erhalten sollte. Ich würde die Verteilung vornehmen.

Er sah entspannt aus, jetzt, da er saß.
Er hatte bis um 13:40 Uhr nichts gegessen und getrunken. Sein Tremor war an diesem Tag wieder sehr heftig. Er wollte sicher nichts verschütten und nahm deshalb nichts zu sich.
Tremor ist bei ihm Händezittern.

9
Die CD mit Bildern

Ich ging von der Abschiedsfeier früher, die Leitung des Hauses bedankte sich bei mir für die Organisation, ohne die die Feier nicht stattgefunden hätte.
Ich musste am Nachmittag ein Seminar halten. Ich konnte mich kaum konzentrieren. Er war weg.

Ich musste zwei Tage später zu einer Besprechung an

einen Urlaubsort, für die Arbeit. Ich blieb dort 3 Tage, zum Heulen. Er hat mich in der Unklarheit der Verhältnisse zurückgelassen.
Alles brach in mir zusammen. Er war weg. Ich hatte nur seine private E-Mail-Adresse.

Die Bilder vom Abschied wollte ich zu ihm senden. Ich ließ sie auf eine CD brennen. Er schaute mich tatsächlich oft an, man sieht es auf den Bildern, die Kamerafrau stand direkt neben mir. Bei dem Verabschieden, als die Kollegen kamen, war er immer mir zugewandt. Die Kamera war nicht mehr dabei.

Die CD mit den Abschiedsbildern hatte ich aus Unachtsamkeit im Laufwerk meines Laptops vergessen. Ich hatte ihm eine leere Hülle per Post geschickt! Wie verrückt!
Gut, dann werde ich am Urlaubsort noch ein Bild von mir fertigen lassen. Ich fügte es den Abschiedsbildern an. Ich war im Dress vom 08.09., dem Flirt und ich setzte das Strahlen vom Flirt auf.
Ich sendete ihm die Bilder per Datentransfer auf seine private E-Mail-Adresse. Es klappte nicht gleich. Einige E-Mails gingen hin und her.
Er bedankte sich. Das erste Wochenende nach seinem Abschied war vorbei.

Ein Teller, voll mit Kuchen, hatte ich mit nach Hause genommen. Er sah nicht aus, wie die Teller der Teeküche bei der Arbeit. Ich fertigte ein Bild, zu Hause auf dem Herd und sendete es ihm. Er antwortete, es müsse sich um einen Teller vom Büro handeln. Es war kein Teller von ihm.

Ich fragte später nach der Verwendung des anlässlich seines Abschiedes gesammelten Geldes. Er meinte, es wäre in ein neu gekauftes Fahrrad eingeflossen. Ein Bild vom Fahrrad war der E-Mail angehängt.

Ich bedankte mich in einer späteren E-Mail, dass er von seinem fachlichen Fundus so viel für uns Kollegen abgespeichert hatte. Ich ergänzte, dass ich ihn schon jetzt vermisse.

Er hatte einige Tage später Geburtstag. Ich sendete ihm ein Bild von einem vollen Glückshorn. Ich wünschte ihm ein glückliches Jahr. Keine Antwort.

Es blieben von den Schokotafeln einige übrig. Die Kollegen fragten, ob ich von Sinnen sei, für diesen „Dementor" irgend etwas zu machen. Stories der Demütigung wurden mir vorgetragen. Ich war ganz die Seelsorgerin. Welch einen Schmerz hatte er den Kollegen zugefügt.

Ich fragte ihn per E-Mail, ob es für ihn in Ordnung sei, dass ich die restlichen Schokoladenpackungen der Telefonseelsorge vorbeibringe. Er empfand dies als eine großartige Idee, schrieb er per E-Mail zurück. Ich schickte ihm ein Bild, wie ich vor der Eingangstür der Telefonseelsorge stand, mit den restlichen Packungen. Die TS bedankt sich ganz herzlich für die Spende! Es folgt keine Antwort.

Kapitel II

1
Reveal 1

E-Mail vom 28.11.
„Na gut, bleiben Sie in Ihrem Versteck.
Dann mache ich es eben anders: Ich eröffne den Adventskalender der anderen Art. Ich nenne ihn „Reveal".
In der Adventszeit immer wieder portionsweise offenbaren, enthüllen, verraten, wenn Sie mich nicht stoppen.

Reveal 1
Natürlich wollen Sie wissen, was ich denn so an Ihnen so mag, dass ich nicht loslassen kann.
...
Mit nächster E-Mail folgt Reveal 2. Sie können jederzeit „stopp" sagen.

Schönen ersten Advent
Liebe Grüße
Ich"
Ich erzählte vom Gerichtstermin am 14.05. und dem 18.05.

2
Reveal 2

E-Mail vom 29.11. Reveal 2.
„Sie haben nicht „stopp" gesagt.

Gut, es folgt Reveal 2
(….)
Soviel für heute, Sie können jederzeit „stopp" sagen.

Liebe Grüße
Ich"

Ich erzählte von dem 06.08. und den Gedanken zu dem Bild in seinem Arbeitszimmer.

3
Reveal 3

E-Mail vom 04.12.
„Reveal 3
Lieber hidden man!
wenn diese Erkenntnis von Reveal 2 stimmt, lande ich nicht im Spam-Ordner, sondern, das soll ich nur annehmen."
(Ich erzähle den 08.09. aus meiner Sicht).

„Alles Folgende war und ist pure Abwehr. Die Selektion der E-Mails, nach fachlich und privat, stammt aus diesem Verhalten, dass Sie mich abwehren oder, man kann es auch anders sagen: Dass Sie sich aus dieser inneren Beziehung, wie weit sie auch gediehen sein mag, herausziehen möchten.
...
So viel für heute. Lustig, dass Sie nicht stopp sagen können ;-)
Richtig?
Liebe Grüße
Ich"

Es war nun Adventszeit. Wir wollten doch einen Adventskaffee trinken. Durch die Pandemie war es aber nicht möglich, Kaffee trinken zu gehen. Also würde ich ihn zum Spazierengehen einladen wollen. Ich kündigte am 07.12. an, dass nun eine schriftliche Einladung per Brief-Post zugehen würde. Diese schickte ich an eine Adresse, von der ich annahm, dass sie zuträfe, an einem Ort, der auf Google so aussah, wie er es einmal beschrieben hatte.

Ein Anruf ging ein, am 08.12. um 15:05 Uhr. Ich hatte seit einer Minute ein Gespräch mit einer anderen Person. Ich hörte das Klopfen im Hintergrund. Er war es sicher. Es war Dienstag. Seine Frau würde bestimmt arbeiten gehen in dem Kleidergeschäft. Er hatte einmal erwähnt, dass sie dort arbeite. Ich würde morgen zurückrufen.

Ich erreichte ihn am Folgetag nicht. Ich sprach auf Band. Er rief nicht noch einmal an. Nie mehr.

E-Mail vom 07.12.
„Guten Morgen Mr. X
ich lehne mich noch weiter aus dem Fenster.
Reden wir über Ihre Gesundheit, was Sie ja vor den Kollegen, vor mir, vor Ihrer Umwelt und vor allem, so vermute ich, vor sich zu verdrängen versuchen.
Angenommen, ich habe recht, so kombiniere ich, wenn Sie morgens Schmerzen beim Aufstehen haben, genauso auch beim Stehen, so schätze ich, dass es Rückenprobleme sind. Nackenbereich und unterer Lendenwirbelbereich. Als wir von dem Tümpel am 31.08. zurückgelaufen sind, glaube ich bemerkt zu haben, dass Sie bei dem Erheben von der Sitzposition ebenfalls Schmerzen haben. Sie laufen anders, als 2008, als wir schon mal nebeneinander gelaufen sind. Sie können nicht mehr so lange stehen, wie Sie bei Ihrem Abschied zugegeben haben. Auch in Bild X1 der Verabschiedungsserie glaube ich, in Ihrem Gesicht

Schmerzen zu sehen, Sie korrigieren Ihre Haltung in eine gerade Position (für Sie typische Haltung), in Bild X2 (mein Lieblingsbild) lehnen Sie sich auf das Rednerpult und entlasten Ihren Rücken und haben dabei ein deutlich entspannteres Gesicht :-)

Sie schwingen beim Laufen auch nicht mehr ganz so mit den Armen, wie Sie es früher getan haben. Der Tremor (Händezittern) gehört nicht zu Rheuma, was ich in der SMS vom 9. September vermutet habe, sondern zu einer anderen Geschichte, die ich Ihnen im Rahmen eines Spaziergangs anbiete, zu sagen. Ich kann falsch liegen, aber ich denke, dass Sie noch keine Diagnose vom Arzt eingeholt haben. Ich biete Ihnen an, Sie zum Neurologen zu begleiten, damit Sie ein MRT oder CT machen lassen. Dann brauchen Sie nicht zu fahren.

Und ... gehen Sie heute nach Eintreffen der Post gleich zum Briefkasten.
Adventskaffee ist ja nicht möglich, ich würde mich trotzdem über besagten Spaziergang freuen. Nennen Sie mir einen Termin.

Ich möchte wissen, wie es Ihnen geht.
Nix für ungut (kriegen Sie nix in den falschen Hals).

Ich meine es nur gut mit Ihnen.
Liebe Grüße
Ich"
Keine Reaktion. Ich denke, ich war zu weit gegangen. Das denke ich jetzt.

4
E-Mail vom 11.12.

„Hallo Mr. X,
bitte machen Sie den Spuk ein Ende, der Zustand macht mich fertig. Sagen Sie mir, wie es um Ihr Herz bestellt ist und wie ich mich zu verhalten habe.

Sie wollten, dass ich am 31.08. vor den Augen und Ohren von der Kollegin meine Gefühle zu Ihnen öffentlich bekenne. Sie lassen mich im Gegenzug im Unklaren. Sie können die Sache nicht durch hinreichendes Verstecken „aussitzen".

Meine Arbeit leidet darunter. Ich schlafe mehrheitlich schlecht, habe auf der Autobahn gefährliche Momente und mein Umfeld merkt langsam, dass irgend etwas mit mir nicht stimmt. Was soll ich dort sagen? Ich will meine Herzensruhe wieder erlangen und brauche eine Orientierung.

Sie verhalten sich nicht normal, da ist etwas, Sie müssen es mir sagen!

Sie haben am 31.08. von mir ein klärendes Gespräch erhalten. Ich habe diese äußerst aversive Situation durchgestanden und bin gewissermaßen durch die Hölle gegangen in dieser Zeit.
Welches Risiko gehen Sie ein? Es bekommt niemand mit!
Outen Sie Ihre Gefühle mir gegenüber bitte, damit ich das Thema vernünftig behandeln kann. Seien Sie ein Mann und lassen Sie mich nicht hängen, jetzt, wo ich Ihnen komplett mein Herz vor die Füße gelegt habe.

Bitte.
Liebe Grüße
Ich"

Es kam keine E-Mail zurück. Ich hatte vielleicht echt zu dick aufgetragen. Ihn unter Druck gesetzt. Darf man die erkannte Krankheit äußern?

5
Reveal 4

E-Mail vom 16.12.

„Reveal 4
Sie müssen es eben ertragen ;-)
Heute geht es um Frauen..."
Ich erzähle von Eifersucht und Frauen.

Ich erzähle, dass ich mir vorstellen kann, dass der Tremor auf seine mögliche Parkinson-Erkrankung hinweist. In diesem Fall wäre der Rückzug nachvollziehbar. Mir kam die logische Erklärung, dass er sich zurückzog, weil er mich vor seiner Pflege schützen wollte!
Er wusste ja am 08.09. von seiner Krankheit. Er wollte es mir nicht sagen. Die Schweißperlen auf der Stirn, der Gang zurück vom See am 31.08. beschwerlich, langsamer, die Arme bewegen sich nicht mehr mit, wie vor 12 Jahren noch. Er hat morgens im Bett Schmerzen, wie er am 08.09. erklärt. Er kann nicht mehr so lange stehen, was er bei seinem Abschied erklärt hatte. Die ständige Korrektur seiner Haltung, immer wieder stellt er sich bewusst gerade hin. Die Hände angespannt, beim Stehen geballt. Er lehnt sich bei der Abschiedsrede auf das Rednerpult. Die Hände gefaltet. Damit der Tremor nicht auffällt. Alles war nun schlüssig.

Endlich war ich draufgekommen. Es war, als hörte ich, wie das letzte Puzzle-Stück des Bildes, in die einzig

verbliebene Lücke einklickt.
Er musste sich zurückziehen. Wenn ich ihn pflegen wollte, bedeutete dies, dass ich den Job aufgeben musste, keine Seminare mehr, keine Familie, keine Unterstützung von den Kindern, weder von seinen Kindern, noch von meinen, die ich verlassen würde für ihn.

Vielleicht müsste ihm schon bald jemand die Füße vor die Bettkante stellen, weil er es selbst nicht mehr tun kann. Das wollte er mir sicher nicht antun. Deshalb der prüfende Blick, als er bei seinem Abschied erklärte, dass er nicht mehr so lange stehen könne. Er hatte es absichtlich angedeutet? Hatte er es mir dadurch gesagt?

Er würde sich aus Fürsorge zurückziehen, damit ich keine Dummheiten mache, nichts, was ich irgendwann einmal bereuen würde. Oder er. Geschieht solch ein Rückzug nicht aus Liebe? Warum konnte er mir so etwas nicht sagen? Aus Scham? Aus Rücksichtnahme? Ich sollte auf den Tag genau 4 Monate später, hinsichtlich seiner Krankheit Recht bekommen. Er hatte Parkinson. Es war der Punkt. Doch das wusste ich nicht, zu diesem Zeitpunkt.
Es war vielleicht mehr als Fürsorge. War das ein Akt

der Liebe?
Nach dieser Erkenntnis, die mir mitten in der Nacht des 16.12. kam, war ich erst einmal wie benommen! Seine Krankheit sollte mein Leben nicht auch noch zerstören. Ich durfte mich nicht in ihn verlieben! Und, was vielleicht noch viel wichtiger ist: Er darf sich nicht in mich verlieben.

Wie soll er das vor seiner Familie verstecken? Er ist auf seine Familie angewiesen. Sie muss ihn pflegen. Er muss seine Frau lieben. Das hätte nicht passieren dürfen, dass er sich in mich verliebt. Das darf nicht sein. Seine Frau würde ihn niemals pflegen wollen, wenn er eine andere Frau liebt! Es war also alles brandgefährlich. Für ihn. Er musste sich zurückziehen, damit ich seine Pflege nicht in Gefahr bringe.

Doch, weshalb hat er das nicht gesagt? Ist irgendetwas Schlimmes dabei, wenn man zugeben muss, dass man eine Krankheit hat? Er hätte am 14.10. sagen können, dass er mich schon toll findet, aber, dass er krank ist und mir nicht das bieten kann, was er mir gerne geben möchte. Er kann nicht und er darf nicht! Vermutlich wäre ich in seine Arme versunken und hätte bitterlich geweint. Er vielleicht auch. Vielleicht wusste er, dass er sich nicht zurückhalten könnte. Ist es so?

Für ihn, den strahlenden Helden, wird die Krankheit eine Last sein, eine Unausweichliche. Er wird sich mit seiner Krankheit schwach fühlen, das, was er bei der Arbeit immer versucht hat, zu vermeiden. Schwäche. Er wäre fortan angreifbar. Das Bild, das er nach außen abgeben wollte, wäre zerstört. Auf dem letzten Millimeter seiner beruflichen Laufbahn.

Er fühlt sich vielleicht unmännlich. Wer weiß, was er befürchtet. Ich hatte Parkinson nun geäußert. Seit wann wusste ich von der Krankheit? Hatte ich ihn genau aus dieser am 08.09. bereits vorhandenen Erkenntnis heraus auf dem Flur stehen lassen? Wusste ich es schon damals? Fühlte er sich als Mann, der nicht begehrt wird? Dachte er, ich spiele absichtlich mit ihm?
Hatte er Angst vor dieser Krankheit? Und wem hatte ich noch von dieser vermuteten Krankheit erzählt? Vielleicht befürchtete er, dass ich bei der Arbeit bereits über ihn geredet habe. Was redet man nun über ihn? Ich wollte es in Erfahrung bringen, wie er zu der Krankheit steht und ob er mich schützen wollte, aus Liebe? Noch dringender wollte ich mit ihm sprechen. Gab es doch Anlass, zu denken, dass er mich liebt.

6
Reveal 5

E-Mail vom 20.12.
„Reveal 5
Besuch von CE"

Ich führte eine erzählerische Figur in der E-Mail ein. Ich nannte sie CE. Ich wollte in der Geschichte einen Dialog ermöglichen. Der Geschichte einen märchenhaften Touch geben.
Ich ließ ihn im Dialog mit dieser Figur sprechen, über sich, über sein Fremdgehen, wie er ggf. laufend seine Frau betrügt. So auch am 08.09. mit mir versucht hatte, seine Frau zu betrügen. Aber ich ließ ihn auf dem Flur stehen, er kannte sich nun nicht mehr aus. Begehrte ich ihn nicht? Er war irritiert, so kannte er das nicht. Vorher hatte das Flirten immer funktioniert.
Warum bei mir nicht mehr? Ich nannte ihn Womanizer, ein strahlender Held seines Fachs, alle Frauen wollten sich in seiner Nähe sonnen. Er hatte immer leichtes Spiel. Nach dieser E-Mail vom 26.08., hat er doch gewusst, dass ich Interesse an ihm habe. Es hätte doch klappen müssen. Aber ich bin nicht in das Hotel mitgegangen, das zu dieser Zeit offen gewesen ist.

Diese E-Mail sollte die Wichtigste, die Entscheidende werden.
Ich äußerte, dass, wenn er sich in mich verliebt hätte, auch wenn er mir nichts „geben" könne. Ich ihn trotzdem lieben würde, trotz Parkinson, zu allem bereit wäre. Ich war entschlossen, alles für ihn aufzugeben.

Er rührte sich nicht.

7
Weihnachtspost

Wieder hatte ich keine Bestätigung meiner vielen Vermutungen, die ich für sehr wahrscheinlich hielt. Allerdings müsste es ihn doch erleichtern, zu wissen, dass ich ihn sogar pflegen würde! Aber ich musste ohne Antwort auskommen.

Ich vermutete nun, dass ich ihn, falls er sich am 08.09. doch in mich verliebt hatte und er meine Pflege nicht wollte, auf irgendeine Weise schützen muss, damit ihm sein Pflegepersonal nicht abhandenkommt. Wenn seine Frau erfährt, wie es um sein Herz bestellt ist, dann pflegt sie ihn nicht und er landet im Pflegeheim. Das muss ich verhindern! Aber, wie sollte ich das anstellen?

Weihnachtspost
Rotes Briefchen 14x14 cm

Ich kündigte am 23.12. per E-Mail den postalischen Zugang des roten Briefchens an.
Dieses wurde genau am 24.12. zugestellt. Es war die zweite Einladung zu einem Spaziergang enthalten. Ich nannte das Treffen „Date", wie er die Besprechung vom 08.09. nannte. Dass ich mir vorstellen könne, dass er mich so lange hingehalten hat, Bedenkzeit. Er solle mir auch endlich das „Du" anbieten.

Ich hatte ihn sicher durch den Brief in Schwierigkeiten gebracht. Ich war Thema! Was sollte er sagen? Wie sollte er die erneute Aufforderung zum Spaziergang erklären?

Er reagierte nicht. Am 27.12. schrieb ich eine E-Mail, in der ich ankündigte, dass ich am nächsten Morgen in der Nähe seines Wohnhauses auf ihn warten würde, um den angekündigten Spaziergang zu machen.

Um 20 Uhr des 27.12. klingelte es an der Tür. Die Polizei.
Ob ich die Person XY sei, ob ich Mr. X kennen würde. Das morgige Treffen finde nicht statt. Ich war perplex.

Er hätte anrufen können, die Telefonnummer war in der E-Mail enthalten. Warum hat er die Polizei geschickt und nie persönlich geantwortet? Hätte er nicht eine Kollegin anrufen können, einen Kollegen, die Leitung des Hauses, um mir mitzuteilen, dass das Treffen morgen nicht stattfinden sollte? Hätte er nicht jetzt spätestens eine ermahnende E-Mail schreiben können und STOPP rufen?

Nein, er sendete die Polizei, eine junge Frau, blond, etwa 30 Jahre und zur Eigensicherung ein junger Kollege, auch etwa 30 Jahre alt, beide ausgestattet mit Pistolenmodell P 2000 V2 der Firma Heckler & Koch, Handschließen und vielleicht noch einem Pfefferspray. So standen Sie vor mir in geübter Position, als wäre ich ein Schwerverbrecher, der schon schwere Körperverletzungen als Stalker bewirkt hatte, ggf. mit Todesfolge.

So standen die beiden Polizisten vor mir, vor meinem Haus auf der Straße und unterhielten sich mit mir, die in weichem Flauschjäckchen vor ihnen stand, an den Füßen die Hausschuhe und Stricksocken.
Ich verstand die Welt nicht mehr und dachte an Kafka und „Der Process". Ich wurde in diesem Moment traumatisiert! Wie verhält man sich hier?

Ich fragte die Polizisten, ob sie nicht prüfen müssten, ob sie den Text der richtigen Person erzählen. Sie fragten anschließend nach meinem Personalausweis.
Die beiden hätten meine Kinder sein können.

Was genau hatte ich getan? Wieso musste man mir die Polizei schicken? Selbst 6 Monate später weiß ich es immer noch nicht sicher. Eine Torschlusspanik seinerseits? War das geplant? Ist das seine gängige Methode, wie er Probleme löst? Bewaffnete Polizei bei einer Mutter von 3 Kindern, anständig, die einige E-Mails sendete und auf das gleiche Recht bestand, nämlich, ein klärendes Gespräch zu führen, so wie er mich gezwungen hatte.

Kapitel III

1
Die E-Mail, nach welcher die Polizei kam

In der E-Mail vom 27.12. war gestanden, dass ich eine Stunde lang an der Ecke seiner Straße am nächsten Tag warten würde. Die Adresse hatte ich im Personalbüro der Arbeitsstelle erfragt.
Es könnte die Zeit sein, so meine E-Mail weiter, in der seine Frau Besorgungen machen wird. Wir könnten spazieren gehen oder ich könnte mitgehen auf seine Trainingsrunde, die er aufgrund seiner vermuteten Krankheit vornehmen muss.

Ich wollte ihn nun zwingen, so, wie auch er mich am 31.08. gezwungen hatte, ein klärendes Gespräch zu führen.

Dass er allerdings die Polizei schickt, ohne jegliche Vorwarnung und nachdem er 9 Wochen nicht mehr direkt mit mir gesprochen oder telefoniert hatte, hätte ich nicht gedacht. Ich hätte vermutet, ich setze ihn nun endgültig so unter Druck, dass er sich meldet und den Termin absagt.
Tat er nicht.

Die jungen Polizisten hielten eine „Gefährderansprache". Ich hatte davon noch nie gehört. Ich hatte bis zu diesem Zeitpunkt noch nie Kontakt zur Polizei. Doch, ein einziges Mal, als wir einen Autounfall hatten. Es war eine kurze Unfallaufnahme gewesen.

Sie erklärten, dass ich mich nun fern halten sollte von Mr. X. Es fand in einem Gespräch vor dem Haus statt. Mein Mann saß auf dem Sofa im Haus.
Ich hatte seine Frau nicht in die Besprechung am 31.08. mit einbezogen.

Ich wurde sodann als Täterin in einem strafrechtlich relevanten Sachverhalt angesehen. Ich verstand die Welt nicht mehr! Aber vielleicht war dies der einzig mögliche Schutz für ihn. Ich brauchte Monate, um mir diese Begebenheit annähernd zu erklären. Ich weiß es immer noch nicht genau, warum die Polizei kommen musste.

Ich hatte die Gefährderansprache so verstanden, dass ich nun keinen persönlichen Kontakt mehr mit ihm haben sollte. Schloss das auch E-Mails ein? Ich wusste es nicht. Ich hatte nicht gefragt und erhielt kein Schriftstück.

Am 01.01. sendete ich ihm eine E-Mail und ließ erneut die Figur mit mir einen Dialog eingehen. Ich hatte vermutlich unbewusst die Reaktion mit der Polizei herbeigeführt. Sogar teilweise bewusst. Ich hatte es irgendwie durch die Formulierung der E-Mail heraufbeschworen. Ein Stalking nach § 238 StGB konnte es aber nicht sein, erklärte ich in der E-Mail, da ich ja **nicht beharrlich gegen seinen Willen** agierte. Er hatte ja gerade seinen Willen nicht bekundet. Monatelang nicht. Wogegen sollte ich dann agiert haben?

Insofern wäre das Verfahren doch die beste Tarnung für ihn gegenüber seiner Frau. Welche Frau vermutet denn, dass ihr Ehemann gegenüber einer Frau und ehemaligen Mitarbeiterin, die ihn wirklich belästigt und einfach nicht kapieren will, dass er nichts von ihr will, dass er diese Frau liebt. Wieso sollte er das tun? Mit solch einer Härte geht man doch nicht gegen ein geliebtes Geschöpf vor! Diese Frau kann er nicht lieben.

Ich hatte einmal eine Anruferin bei der Telefonseelsorge, sie wurde von ihrem Ex-Mann gestalkt. Sie ließ sich nach dem Ausgehen vom Taxifahrer bis zu ihrer Wohnungstüre begleiten. Wenn der Taxifahrer gleich weiterfahren musste und keine Zeit hatte, rief sie bei der Telefonseelsorge an, um einen Gesprächspartner zu haben, damit, wen ihr Ex-Mann ihr erneut auflauern sollte, dieser einen Beobachter oder Zeugen am Telefon vermuten musste und er sich dann von ihr fernhält. Es war einmal bei ihr zu tätlichen Übergriffen gekommen. Er hatte sie geschlagen, weil sie mit ihm Schluss gemacht hatte und er das nicht wollte. Er schlug sie so, dass ihr Schlüsselbein gebrochen war. Das war ein Stalker!

Aber was tue ich, was geeignet ist, seine Lebensführung zu verändern? Er musste wegen mir keinen Umzug vornehmen. Selbst die E-Mails von mir hätte er blockieren lassen können.

Fakt ist, dass er mir gegenüber, seinen Unwillen zwar am 31.08. bei dem klärenden Gespräch am See mit der Kollegin erklärt hatte, diese Aussage allerdings eine Woche und einen Tag später in Abrede gestellt hatte, durch den begehrenden Blick vom 08.09. auf dem Flur nach dem Flirt. Er hat diese Begebenheit nie erklärt. Ich dachte, ich hätte sein Herz nun gewonnen durch diesen Flirt. Dass ich allerdings in dieser Ungewissheit stecken bleiben soll und er diese Ungereimtheit nie aufklärt, war besonders hart.

2
Die Leitung des Hauses

Am 29.12. rief mich auf dem privaten Handy die Leitung des Hauses an.

Was war das? Meine Rechtschutzversicherung hatte mir telefonisch einen Tag zuvor die Auskunft gegeben, der Arbeitgeber erfährt erst nachdem eine Verurteilung stattgefunden hat, von strafrechtlichen Sachverhalten, sozusagen vom Gericht. Es werden laufend zu Unrecht andere Leute beschuldigt, eine Uhr geklaut zu haben oder sonstige Delikte gemacht zu haben, wenn hier die Arbeitgeber immer gleich informiert werden würden, wäre der Rufschädigung Tür und Tor geöffnet.

Die Leitung des Hauses war allerdings informiert. Die Leitung des Hauses fragte mich, ob ich erahnen könne, weshalb ich angerufen werde. Ich äußerte die Vermutung, dass es sich wohl um den Besuch der Polizei handelte.
Und nun begann ein neues Kapitel. Die andere Seite von ihm trat zu Tage.
Die Leitung des Hauses sagte, ich solle nun endlich von ihm loskommen.

Ich soll was? Endlich von ihm loskommen? Die Leitung des Hauses wusste Bescheid? Was hatte er gesagt? Mit mir spricht er nicht, aber mit meinen und seinen Vorgesetzten?

Am 04.01. hatte ich ein persönliches Gespräch mit der Leitung des Hauses. Die Leitung des Hauses war voll im Bilde, wüsste Bescheid.
Ich war platt. Gedemütigt. Es sollte aber noch schlimmer kommen.

E-Mail am 29.12. an Mr.X
„Hallo Herr X
1. Polizei war am Sonntag, 27.12.2020 um 20 Uhr bei mir.
2. Die Leitung des Hauses war sehr lieb und hat fürsorglich heute das erforderliche Telefonat mit mir geführt.
3. Ich werde dieses Strafverfahren durchziehen.
4. Ich werde mich in die für die Stalker (Bindungsproblematik) vorgesehene Therapie begeben.
5. Ich weiß, dass mein Verhalten die Bindung zu meinem Vater betrifft. Ich musste ihn in Schmerzen sterben lassen.
6. Ich muss bei Ihnen aus dem Kontext/ aus der Verantwortung aktiv entlassen werden, in der ich mich

fühle. In der Therapie wird simuliert (da meist die Betreffenden tot sind), dass jemand mich aus der Verantwortung, seine Krankheit mitzutragen, entlässt. Dann bin ich in der Lage loszulassen! Es ist elementar.

Ich brauche die Antwort: Haben Sie Parkinson oder eine andere Krankheit?
Wollten Sie mir das nicht mitteilen?

Zu all dem o. g. bin ich bereit und habe den Mut dazu. Bitte haben Sie den Mut auch und geben Sie eine Antwort. Dann gebe ich mein Bestes, loszulassen.
Gruß
Ich"
Es kam erwartungsgemäß keine Antwort.

Am 10.01. äußerte ich in einer E-Mail erneut an ihn, wie es um meine Gefühle stand. Es war eine ausführliche E-Mail von 4 Seiten. Ich fühlte mich von der Leitung des Hauses ausspioniert. Ich konnte mir nicht vorstellen, woher die Leitung des Hauses alles wusste!

Warum redete niemand mit mir? Warum kann man mit einer E-Mail nach der anderen um Kontakt bitten, ein klärendes Gespräch, sich vor seinen und anderen

Augen quälen und er äußert sich nicht und keiner redet mit mir! Ich fühlte mich hintergangen und elend.

3
Weiteres Gespräch mit der Leitung des Hauses

Am 11.01 kam kurz vor 17 Uhr der Anruf auf mein Arbeitshandy, dass ich mich einfinden solle bei der Leitung des Hauses, im Beisein der Vertretung, wollte die Leitung des Hauses mit mir sprechen.

Weshalb ich meinte, die Leitung des Hauses spioniere irgendwen aus, war die Frage. Das war ein Zitat aus der E-Mail des Vortages, einem Sonntag.
Er leitet meine privaten E-Mails mit meinen tiefsten Gefühlen an die Leitung des Hauses an einem Sonntag weiter? Ich war tief erschüttert! Es schnürte mir den Hals zu!

Ich fühlte mich gegenüber beiden vor mir sitzenden Personen verraten und verkauft, gedemütigt, denunziert, verleumdet.
Er hatte einen oder mehrere Ansprechpartner. Mit mir hatte er nicht gesprochen. Wer war er wirklich, Mr. X? Habe ich mich gründlich getäuscht in ihm? Habe ich keine gute Menschenkenntnis? Warum tut

er mir das an? Hat er auch die E-Mails von dem Flirt weitergeleitet?
Ach, jeder flirtet einmal, das habe ich auch schon getan, da ist nichts dabei, meinte die Leitung des Hauses! Aber er hätte darüber reden können, mir gegenüber!

Ich fühlte mich so gedemütigt. Vor mir hatte ich eine weiße Projektionsfläche, erklärte ich, mit mir redete er nicht. Ich wollte die weitergeleiteten E-Mails von ihm sehen, bei der Leitung des Hauses auf dem Rechner. Die Leitung des Hauses lehnte das strickt ab.

War die Leitung des Hauses selbst mit in die Sache involviert? Hatte die Leitung des Hauses ihm empfohlen, den Schritt zur Polizei zu machen? Wie lange lief das schon mit der Weiterleitung der E-Mails?

Wer ist Mr. X, dass er so etwas tut? Und warum? Was um Gottes Willen, habe ich ihm denn getan? E-Mails gesendet? Einladungen zum Spaziergang gemacht? Seine Krankheit erkannt? Seine Situation entlarvt? Mit dem Weihnachtsbrief in Erklärungsnot gebracht? Was habe ich getan? Bin ich dadurch zum Straftäter geworden, weil ich ihm gegen seinen nicht geäußerten Willen, Gefühlsbekundungen gesendet habe?
Ich habe eine Weile gebraucht, um auf die Krankheit

zu kommen und habe alle Erkenntnisse über ihn in die E-Mails geschrieben, das hat einige E-Mails gedauert. Das habe ich doch nur deshalb getan, um mir sein Verhalten, sein Rückzug, seine Ignoranz zu erklären. Hätte er gleich reagiert, wäre keine weitere E-Mail erforderlich gewesen! Er hat mich durch seine fehlende Äußerung zu diesen vielen E-Mails getrieben!

Und er leitete diese Erkenntnisse und Erklärungen meiner Gefühle rücksichtslos weiter. E-Mails von privater E-Mail-Adresse an private E-Mail-Adresse! Es ist unglaublich!

Die Leitung des Hauses meinte, ich benötige Hilfe! Psychologische Hilfe! Sie meinte sogar, ich wäre eine Erotomanin (ich sähe also Liebe, wo keine ist)! Die Meinung gegen mich war bereits gebildet. Ich war in der Defensive. Abgestempelt als psychisch krank! Was hatte er wie dargestellt? Wie hat er die Realität verdreht, dass ich als psychisch krank gelte?

Ich habe zum ersten Mal in meinem Leben vor einem Vorgesetzten geheult. Welch eine Demütigung!
Das nimmt er in Kauf! So stellt er mich dar? Damit er nicht seine Gefühle zugeben muss? Eine E-Mail weiterleiten, damit wäre ich noch einverstanden

gewesen. Aber alle?! Ich fühlte mich so gedemütigt. Wie hatte er denn die E-Mails weitergeleitet? Hatte er Änderungen vorgenommen? Hatte er E-Mails weggelassen? Was hat er mit meinem Ruf gemacht, der so tadellos im Herbst noch schien?

Um was ging es hier eigentlich wirklich? Um seine arbeitsrechtliche Sicherheit, weil ich ihm ein Verfahren anhängen könnte? Ging es um seinen Ruf, um seine Ehre? Um was ging es bei der Weiterleitung der E-Mails an die Leitung des Hauses?

Aber, nicht genug: Ich wurde durch die Leitung des Hauses aufgefordert, die Stalkerberatung aufzusuchen. Dringend. Schließlich sei es erwiesen, dass ich eine Täterin bin. Ich musste versprechen, Kontakt aufzunehmen, was ich auch tat. Ich musste mein Tun überdenken. War es tatsächlich strafrechtlich relevant, dass ich E-Mails und Briefe zu ihm gesendet habe? Dann war es aber ganz sicher NICHT GEGEN seinen Willen! Er hatte seinen Willen nicht geäußert! Nicht.

Ich hatte ggf. tatsächlich nicht mitbekommen, wie auf seiner Seite ein Fass volllief. Ich hatte dauernd seinen Rückzug versucht zu erklären, war mit Nachdenken und Analysieren befasst und hatte über dies vergessen, wie häufig ich Kontakt zu ihm aufnahm. Ich war allerdings von seinen guten Gefühlen mir gegenüber überzeugt. Würde er mich wirklich ablehnen, dann hätte er mir Einhalt geboten! Mehrfach habe ich ihn aufgefordert, „stopp" zu sagen. Er hätte anrufen können. Er hätte meine Mails blockieren können. Persönlich hat er mir nie gesagt, dass er mich nicht mag.

Vielleicht war ich rücksichtslos, unbedacht, egoistisch, hatte ihn bedrängt, genötigt, besonders mit dem roten Briefchen zu Weihnachten. Ich wollte ihn schützen, falls er sich in mich verliebt hatte. Am Schluss, an Weihnachten, formulierte die E-Mail am 27.12. entsprechend, dass er ggf. wegen dieser E-Mail mich als Stalkerin ansehen könnte.
Die Weiterleitung der E-Mails, die er vielleicht bereits seit dem Sommer vorgenommen hatte, war aber ein eigenes Thema. Das lag vor der Stalkinganzeige. Da entwickelte sich erst dieses Thema.

Die Leitung des Hauses meinte, er ginge über Leichen, sein Charakter sei nicht gut. Er säße nur zu Hause, nun im Ruhestand und hätte genug Zeit, meine ganzen E-Mails auszudrucken. Sicher habe er schon einen Ordner voll. Beide haben zugesehen, wie ich leide, keiner kam auf mich zu und führte mit mir ein Gespräch. Jetzt gab es nur Vorwürfe und Forderungen, wie ich die Lage und ihn zu sehen habe.

Man hat mich leiden lassen und mich verurteilt. Er veränderte die Fakten. Er hat den Flirt und die Wirkung dessen bei sich und bei mir verleugnet und hat sich und sein Verhalten als tadellos dargestellt, um keine arbeitsrechtlichen Konsequenzen befürchten zu müssen. Er wollte lieber meinen Ruf schänden, mich als psychisch krank darstellen, um sein Handeln, seinen Beitrag, sein Wirken nicht erklären zu müssen.

Er wusste ganz genau, was er getan hat! Durch sein Verhalten hat er dafür gesorgt, dass ich mich in ihn verliebe. Als die Wirkung eintrat, verkaufte er mich an die Leitung des Hauses!

War die Weiterleitung meiner E-Mails ein Genuss für ihn? Wollte er mich für mein Verhalten strafen? Welches Verhalten von mir hat er denn von Anfang an bestraft? Dass ich es geschafft habe, ihn zu verführen? Redet er sich das ein? Er verdrängt und wehrt sich gegen meinen Einfluss auf ihn. Von Anfang an. Es darf nicht sein, es darf einfach nicht sein! Er musste seinen Ruf bei der Leitung des Hauses schützen und

dabei soll ich lieber als psychisch kranke Frau erscheinen. Jede Verurteilung meiner Person ist besser, als die Tatsache, dass er etwas getan hat!
Ich bekam eine riesen Wut! Wieso sagt er nichts? Ich hatte ihn mehrfach gebeten, mich zu stoppen.

4

Verleumdung

Am 12.01. zeigte ich ihn online, bei der Internetwache, wegen Verleumdung § 187 StGB, aufgrund der Weiterleitung meiner E-Mails an die Leitung des Hauses an. Ich war unglaublich verletzt. Es stritt in mir. Eine Seite, war für ihn, eine Seite war komplett gegen ihn, ich wusste nicht, welche Seite stärker ist!

Hatte die Leitung des Hauses ihn animiert, mit mir so umzugehen? Welche Person hatte welchen Anteil an diesem Verhalten?
Wie begann das alles? Ab welcher E-Mail hatte er weitergeleitet? Ist es aus dem Ruder gelaufen? Wurde die Weiterleitung eine Selbstverständlichkeit? Wollte die Leitung des Hauses die Weiterleitungen? Forderte die Leitung des Hauses die Weiterleitungen? Hatte er nicht bedacht, welch eine Eigendynamik diese Weiterleitungen erhalten? Hatte er sich irgendwo

hineingesteigert oder die Leitung des Hauses? Hatte das alles nichts mit mir zu tun, sondern kommen hier noch andere Interessen ins Spiel?

Gleichzeitig fühlte ich mich veranlasst, auch positiv über ihn zu denken.

Wollte er anfänglich nur, dass keiner vermutet, er wolle etwas von mir?
Wollte er anfänglich nur sein fachlich gutes Werturteil über mich schützen, da er befürchtete, dass die Leitung des Hauses, schlecht von meiner Arbeitsleistung denken könnte und eine Gefälligkeitsbewertung vermutet, aufgrund der emotionalen Zuneigung? War das der Ursprung?

War der Ursprung etwa Fürsorge? Hat er gesehen hat, dass ich nicht loskomme von ihm und er bat die Leitung des Hauses um Unterstützung? Sollte die Leitung des Hauses auf mich positiv, freundschaftlich und fürsorglich einwirken und diese tat es nicht? Durch das Verhalten der Leitung des Hauses war ich verleugnet, gedemütigt, verurteilt als Stalkerin, als psychisch krank. Ich hatte zwei Fronten!

Meine Anzeige war bei der Polizei. Ich erhielt eine

Bestätigung des Eingangs von meiner örtlichen Polizeibehörde, schriftlich und per Telefon.

Ich hatte eine sehr anstrengende Zeit. Fachlich durfte ich nicht nachlassen, mir emotional gegenüber meinem Mann, meiner Kinder, meinen Kollegen, der Leitung des Hauses, dem Vertreter, den Freunden und allen weiteren Menschen, den Teilnehmern in den Seminaren, die ich ebenfalls in dieser Zeit intensiv führte, den Verwandten, allen gegenüber, keine Blöße geben!

Es war die härteste Zeit meines Lebens.

Es stritt in mir. Ich war fortan ambivalent. Wer war er? Bildete ich mir seine Zuneigung nur ein? Ist alles Fake? Kann er sich die Zuneigung zu mir nicht leisten? War er tatsächlich krank? Konnte ich mich auf mein Gespür verlassen, wie schon immer in meinem Leben, als ich bei meiner Tochter direkt nach der Geburt bemerkte, dass irgend etwas nicht stimmen kann? Sie hatte einen angeborenen Herzfehler. Der Arzt ließ sich von meiner Vermutung leiten, ging darauf ein und ließ es mitten in der Nacht in einer anderen Klinik prüfen. Sie hatte ein Loch im Herzen und Verengungen. Meine Vermutung, mein Gespür, war richtig.

Bei meinem jüngeren Sohn lag eine Entzündung hinter dem Ohr vor, im Alter von 10 Monaten. Der Arzt behandelte das Fieber, mittlerweile fast 41 Grad, wie eine Grippe. Es war keine Grippe. Ich vermutete, dass irgend etwas mit dem Ohr sein könnte, es stand ein wenig ab, aber er war nicht drauf gefallen. Hätte ich mitbekommen, ich war ja dauernd bei ihm. Wir fuhren in der Nacht in die Klinik. Die Röntgenaufnahmen gaben mir Recht. Es war das Ohr. Ich hatte ein richtiges Gespür. Notoperation! Und viele weitere richtige Vermutungen sollten folgen.
Und nun soll ich mit meinem Gespür in vorliegendem Fall falsch liegen?

Ich war stark verunsichert. Welches Spiel wird hier gespielt? Hatte die Leitung des Hauses ihn manipuliert? Wollte er das alles selbst? Ich konnte ihn nicht fragen!

Am 14.01. schrieb ich morgens, kurz vor 5 Uhr, an ihn die letzte E-Mail.
Dass ich nicht so sei, das bin ich nicht, ich will ihn nicht strafen und er will mich auch nicht strafen. Ich nahm am 14.01. den Strafantrag wegen Verleumdung aufgrund der Weiterleitungen der E-Mails an die Leitung des Hauses zurück. Ich war überzeugt, dass er fremdgesteuert reagiert hatte.

Meine gütige, liebende Seite hatte gesiegt, in diesem Moment. Ich war extrem ambivalent!

Um 11 Uhr wurde mir die schriftliche, ich nenne sie „Abstandsverfügung", gegen ihn von einer Beschäftigten des Amtsgerichts in die Hand gedrückt.
Es war in einer Pause, während ich ein Webinar hielt.
Es war sehr hart. Ich musste zusehen, dass ich nicht ohnmächtig wurde.

Die Begründung las ich 6 Wochen später intensiv. Ich überflog die ersten Punkte und das war schon zu viel.

Kapitel IV

1
Beschluss

„Aktenzeichen
ZZ B Z/21 BB
Amtsgericht F
Beschluss

In der Familiensache
Er ./. mich

hat das AG F durch R am 07.01. wegen der Dringlichkeit ohne mündliche Verhandlung im Wege der einstweiligen Anordnung beschlossen:
1. Die Antragsgegnerin hat es gemäß § 1 Gewaltschutzgesetz zu unterlassen:
    1.1 sich in einem Umkreis von 100 Metern der Wohnung des Antragstellers in der ... Straße, Ort, ohne vorherige Zustimmung aufzuhalten,
    1.2 mit dem Antragsteller in irgendeiner Form Kontakt aufzunehmen, auch unter Verwendung von Fernkommunikationsmitteln. Insbesondere wird der Antragsgegnerin

untersagt:
- den Antragsteller anzurufen,
- den Antragsteller anzusprechen, dem Antragsteller SMS zu senden,
- dem Antragsteller E-Mails zu senden,
- den Antragsteller über soziale Netzwerke (Facebook, WhatsApp usw.) zu kontaktieren.
1.3 ein Zusammentreffen mit dem Antragsteller herbeizuführen. Sollte es zu einem zufälligen Zusammentreffen kommen, hat sich die Antragsgegnerin unverzüglich zu entfernen.
1.4 Sich dem Antragsteller ohne vorherige Zustimmung auf weniger als 100 Meter zu nähern. Sollte es zu einem zufälligen Zusammentreffen kommen, hat die Antragsgegnerin unverzüglich den vorgeschriebenen Abstand zum Antragsteller herzustellen und einzuhalten.
1.5 Den Antragsteller zu demütigen oder zu bedrängen.
1.6 Die Dauer der Anordnungen wird befristet bis 07.7.
1.7 Die Antragsgegnerin wird darauf hingewiesen, dass ein Verstoß gegen die

Schutzanordnungen nach § 1 Gewaltschutzgesetz gemäß § 4 Gewaltschutzgesetz mit Freiheitsstrafe bis zu einem Jahr oder mit Geldstrafe geahndet werden kann. Die Strafbarkeit nach anderen Vorschriften bleibt unberührt.
2. Die sofortige Wirksamkeit wird angeordnet.
3. Der Antragsgegnerin wird für den Fall der Zuwiderhandlungen...250 T € Ordnungsgeld, ... Ordnungshaft von bis zu 6 Monaten... (hier wurde mir übel).
4. Die Zulässigkeit der Vollstreckung des Beschlusses vor der Zustellung an die Antragsgegnerin wird angeordnet.
5. Der Verfahrenswert für das Verfahren der einstweiligen Anordnung wird auf 1.000 Euro festgesetzt.
6. Die Kosten des Verfahrens hat die Antragsgegnerin zu tragen."

Ich war nervlich am Ende! Wer mutet einer ehemaligen Mitarbeiterin so etwas zu? Dies war geeignet, mich psychisch und physisch zu vernichten. Sollte es das?
Die Gründe folgten, in den Unterlagen in einem Schreiben vom 06.01. Ich konnte sie nicht lesen, ich

war nicht in der Lage dazu am 14.1. Auf Seite 3 und Seite 4 folgte Text. Ich las die Begründung nicht. Ich schaffte es nicht!

2
Anwaltssuche

Die Anwaltssuche begann.
Ich hatte nur Männer am Telefon. Arbeitsrechtler, Strafrechtler, Zivilrechtler.
Ich stellte in aller Kürze meinen Sachverhalt dar. Was mich am meisten traf, war einfach die Weiterleitung der E-Mails.

Die Leitung des Hauses wollte, dass ich mich bei der Stalkerberatung melde. Ich tat es und meldete schriftlich Vollzug. Was sollte ich Vorverurteilte denn tun! Ich musste.

Die Leitung des Hauses war felsenfest von der Variante überzeugt, die er erklärt hatte. Sicherlich nicht mit den Begebenheiten vom 08.09.
Ganz sicher hat er mich als krankhaft verliebt in einen für mich unerreichbaren Mann hingestellt. Ich, erbärmliche Kreatur, konnte doch nicht im Entferntesten glauben, dass gottgleich Mr. X etwas mit mir zu

tun haben wollte und dann auch noch in dieser Weise.

Die Leitung des Hauses hielt mich für krank.

Ich versuchte der Leitung des Hauses nicht böse zu sein. Die Leitung des Hauses hatte nur seine Ausführungen. An meinen Ausführungen bestand kein Interesse. Alles schien schlüssig, wie er es schilderte.

Die Leitung des Hauses stand unter seinem Einfluss. Wer weiß, was er erzählt hat! Wer weiß, wie er mich dargestellt hat!

Ich musste all meine christliche Güte und seelsorgerisches Verständnis zusammennehmen und stillhalten.

Ich suchte und fand einen Strafverteidiger.

Ich schilderte ihm meine Sachlage und mein Rechtsanwalt meinte, die Weiterleitung der E-Mails an die Leitung des Hauses wäre eine Straftat nach § 42 Bundesdatenschutzgesetz (BDSG). Ich könnte froh sein, nicht rausgeschmissen zu werden. Normalerweise ist es so, dass er mit der Weiterleitung der E-Mails ohne mein Wissen, um mir zu schaden, was dieser § 42 BDSG besagt, meinen Rausschmiss riskiert wird.

Durch die Weiteleitung meiner privaten E-Mails, so mein Anwalt, wird mein privates Handeln zu meinem Arbeitgeber getragen, wo die E-Mails absolut nichts verloren haben.

Es geht in § 42 Abs. 2 BDSG darum, dass E-Mails nicht ohne mein Wissen an einen Dritten weitergeleitet werden dürfen, nur, um mir zu schaden. Dies sei eine Straftat. Ein Antragsdelikt, also wird diese Straftat nur auf meinen Antrag von der Staatsanwaltschaft verfolgt.

Er wollte meinen Ruf schädigen, so mein Anwalt, mich mundtot machen, mich diskreditieren, da ich seine Krankheit verraten könnte, gegenüber der Leitung des Hauses. Ich könnte die Begebenheit vom 08.09. als sexuelle Nötigung darstellen und ihm auch in seinem Ruhestand schaden. Er selbst müsste mit einem Verfahren rechnen.

Um mich vorsorglich zu diskreditieren, hat der mich in einem sehr schlechten Licht bei der Leitung des Hauses dargestellt.

Für meinen Anwalt war ich das Opfer! Ob ich die Organisation des „Weißen Rings" kennen würde? Opferschutz! Ich musste vor solch einem Mann geschützt werden!
Wer weiß, wozu der in der Lage ist. Er rät von einem Mediationsgespräch ab. Wer weiß, wie er mir noch

Schaden zufügen wird! Zur Stalkerberatung sollte ich ebenfalls nicht gehen. Ich würde etwas zugeben, was ich nicht bin. Es war schon passiert.

Mein Anwalt hatte normalerweise andere, schwere Straftäter zu verteidigen. Ich hatte nur mit rosa Wattebäuschchen geworfen. Welch eine Überreaktion! Wer schickt einer unbescholtenen Frau, Kollegin und rechtschaffenem Mitglied der Gesellschaft, Seelsorgerin, die sich immer um andere kümmert, treusorgender Mutter von 3 Kindern und bislang treuer, anständiger und ehrlicher Ehefrau, die Polizei auf den Hals? Wer tut so etwas? Der kann doch nicht ungestraft davonkommen! Mein Anwalt war sehr aufgebracht! Ich hatte ihn wohl provoziert, aber diese Überreaktion ist nicht gesellschaftskonform und nicht normal! Nicht in seiner Position, nicht mit seinem beruflichen Hintergrund, nicht in seinem Alter von 65 Jahren!

Mein Anwalt meinte impulsiv, dass er ihn fertig machen wolle. Mr. X soll gutachterlich auf dessen Zurechnungsfähigkeit hin geprüft werden, einer unbescholtenen, ordentlichen, ehemaligen Mitarbeiterin aus dem Nichts die Polizei zu schicken. Und dann noch an unbeteiligte Führungspersonen des Hauses die privaten E-Mails weiterleiten!

Das sei Stoff für Strafverfahren! Er wird an Weihnachten nicht mal mehr ein Päckchen bei Amazon alleine bestellen können. Der Anwalt wird ein Gutachten anfordern und seine psychische Zurechnungsfähigkeit prüfen lassen. Er wird für einen Vormund, der nicht aus der Familie kommt, sorgen. Alles müsse dann mit dieser externen Person, dem Vormund, abgestimmt werden, bis hin zum nächsten Handyvertrag und was er einkauft. Er wird dann zum Pflegefall. Vorher würde er keine Ruhe geben, so der Anwalt. Er biss sich in den Sachverhalt, wie ein Terrier.

Denn wozu ist dieser Mann noch fähig, wenn er weiß, dass er nichts mehr zu verlieren hat? Wenn der Anwalt erst einmal die Strafanträge stellt, müsste ich vor ihm geschützt werden! Mr. X habe mit dieser Krankheit, mit der er über kurz oder lang zum Krüppel wird, schließlich vom Leben nichts mehr zu erwarten. Er wird zunächst mich und dann sich kalt machen. So mein Anwalt.

3
Bei der Psychologin

Bei einer Psychologin meiner Wahl saß ich am 01.02.

Schuldgefühle trieben mich um. Ich hatte gleich starke positive Gefühle für ihn, wie negative Gefühle gegen ihn, in mir. Das Dilemma und die dauernde Bearbeitung der verschiedenen Themen, das Bewerten der Begebenheiten und der Gefühle, raubte mir die Kraft.

Ich musste alle Gefühle, alle Vorkommnisse hin und her überlegen, auf Relevanz hin bewerten, einschätzen, auf den Grad der Gewissheit überprüfen und anschließend auf einer Seite platzieren. Meinte er es gut oder nicht gut mit mir? Warum verhielt er sich so?

Musste er sich schützen? Waren diese Maßnahmen ein erforderlicher Schutz von seiner Seite? Ein arbeitsrechtlicher Schutz, ein privater Schutz hinsichtlich seiner Familie, den Nachbarn, den Freunden?

Die Psychologin und ich sortierten Stunden lang die Vorkommnisse. Sie fand die Weiterleitung der E-Mails „teuflisch".
Er hatte mich bei einem Flirt verführt, meine Gefühle für ihn angeheizt. Eine Woche vorher hatte er behauptet kein Interesse an mir zu haben. Die Kollegin und die Leitung des Hauses waren also darüber in Kenntnis gesetzt, dass er kein Interesse habe.
Nun konnte er mich schadlos verführen, seine

Erwartungen Kund tun, mich unter Druck setzen, und von mir wer weiß was verlangen. Man würde mir nicht glauben, wenn ich ihn verraten würde, anzeigen würde. Eine Äußerung, dass es eine sexuelle Nötigung seinerseits gewesen sein könnte, würde man mir nicht abnehmen. Sie hielt den Flirt vom 08.09. für eine geplante Aktion.

Zuerst hatte er den Anschein des korrekten Vorgesetzten abgegeben und unter diesem Deckmantel konnte er von mir verlangen, dass ich mit ihm ins Hotel gehe. Es schien auch für sie eindeutig zu sein, was er wollte am 08.09.
Arbeitsrechtliche Folgen müsste er sodann nicht mehr befürchten. Eine für ihn komfortable Situation. Er stand integer und ganz als korrekte Führungskraft da.

Welch ein Teufel! Wie er meine Gefühle zerstören will! Warum?

Gleichzeitig wollte meine Psyche ihn schützen, da er doch, wenn er tatsächlich diese Krankheit hat, nicht anders kann. Ich war gleichzeitig für und gegen. Es zerriss mich.

Ich stellte mir vor, wie ich eines Tages vor meinem

Schöpfer stehe und er mich fragt, „und, was hast Du mit dem Geschöpf getan, das ich Dir gesendet habe. War doch genau Dein Typ, oder?" Sollte ich sagen, „Du, den konnte ich nicht gebrauchen, der hatte Mängel, er hatte eine Krankheit! Ich ließ ihn fortgehen." „Du hättest ihn glücklich machen sollen." Solche Gedanken schlichen sich ein. Es ging gleichzeitig um meinen religiösen Glauben! Man kann die Gedanken nicht verbieten, die sich in solch einer Krise einschleichen!

Ich fühlte mich sogar fortan moralisch verpflichtet, ihn zu pflegen! Dieses war das grotesteste Gefühl! Warum hätte Gott mir diesen Mann sonst schicken sollen?

Schonungslos ist die Psyche!

Gleichzeitig hatte ich auch meinem Ehemann gegenüber, ein sehr schlechtes Gewissen, ich machte mir Vorwürfe, da ich keine gute Ehefrau war! Hatte ich doch diese Gefühle für einen anderen Mann. Schlechte Gefühle, aber auch gute, liebende. Darf ich diese Gefühle überhaupt haben? Ist das christlich? Musste ich mich nicht strafen hierfür? Oder ist es mein Auftrag, diesen Mann zu pflegen? Aber, er will mich nicht als Pflege! Warum nicht? Warum will er mich nicht? Will er mich nicht? Was sagt sein Herz? Was ist Schutz seiner Person und was ist Liebe? Gibt es bei ihm Liebe? War diese Krise, in der ich steckte, gottgewollt? Warum muss ich so etwas erleiden? Warum tut mir Gott so etwas an? Warum schickt er mir solch einen Mann, solch einen Verführer, der mich verführt und dann in einem nie dagewesenen Maß ablehnt!

Mein ganzes Wesen, meine ganze Persönlichkeit, meine ganze Psyche war gefordert. Neben der Arbeit, ohne einen einzigen Tag Urlaub oder krank und mit 160 Mehrstunden! Ich versuchte, mir absolut nichts anmerken zu lassen! Ich erlaubte es mir nicht. Eher wollte ich, dass mein Körper mich durch Burnout ausschaltet. Mein Körper sollte mich stoppen. Er tat es nicht!

Ich wusste, wie der Körper reagieren kann und wie er mich ausbremsen könnte. Bei der Telefonseelsorge hatte ich einmal einen 27-jährigen Anrufer. Er hatte mit einem Freund eine IT-Firma gegründet. Beide waren IT-Ingenieure. Eines Tages, seine Oma sollte am Nachmittag beerdigt werden, er war nicht auf der Beerdigung. Er stand zur Zeit der Beerdigung auf dem Bahnsteig, der passende ICE traf ein und er blieb stehen, obwohl sich die Türen öffneten, er stieg nicht ein. Er blieb 2 Stunden auf einer Stelle stehen. Er hatte nichts mehr mitbekommen. Die Bahnhofsmission

wurde auf ihn aufmerksam. Er wurde in ein Krankenhaus gebracht. Sein Körper brannte, tat weh. Gewebeproben wurden entnommen. Der Anrufer und ich überlegten in dem Gespräch, dass er wohl die Beerdigung seiner Großmutter in einem Kloster „nachholen" müsse. Er sollte dem Thema Raum geben.
Er hat sich einige Monate später mit einem Päckchen Naschzeug an die Telefonseelsorge bedankt. Die Auszeit hatte ihm gutgetan.

Ich wusste daher, wie konsequent der Körper reagieren kann. Ich musste daher sehen, dass diese Themen, die Gefühle und die Fakten von mir in geeigneter Weise bearbeitet werden. Es war tatsächlich Arbeit!

Und so war mein Gefühl abhängig von meiner Kraft, von meiner Tagesform, von meinen Träumen. Ich hatte jeden Tag ein anderes Gefühl für ihn, für die Lage, für alle beteiligten Dritten.
Ich war sehr mit all diesen Themen befasst und musste mich gleichzeitig sehr auf die Arbeit konzentrieren.

Nebenjobs wurden eingestellt. Ich hatte nicht mehr die Kraft dazu.
Mit Freunden nur noch wenig Kontakt.
Nachrichten, Politik, Wirtschaft, interessierten mich

nicht mehr. Ich hatte eine innere Mammutaufgabe zu lösen!
Ich musste psychisch überleben.

Ich sollte mich also schützen, wie mein Anwalt meinte. Er habe nichts mehr zu verlieren.
Ich dachte an seine Äußerung vom 08.09., dass er als Kind von seinem Vater verdroschen wurde.

Aus welchem Umfeld kam er? Wer tut seiner Frau mehr als 10 Kinder an?
Mir wäre nie im Leben eingefallen, zur Polizei zu gehen. Was hat die Polizei mit einem klärenden Gespräch zu tun?
Und wenn ich nicht zu einem Treffen gehen wollte, sage ich doch anders ab! Wir sind doch in einer zivilisierten Umgebung. Wir Menschen reden in unserem Kulturkreis miteinander, oder? Habe ich irgend etwas falsch verstanden? Er hat nicht geredet. Einfach NICHTS.

Er musste den Gang zur Polizei gewohnt sein. Von Kindheit an? Dann könnte mein Anwalt recht haben. Er könnte unberechenbar sein. Wer weiß, aus welchem sozialen Umfeld er kommt.
Ihn entmündigen lassen, ist aber wieder eine andere

Sache, weil er so etwas wie ein Übermaßverbot missachtet hat.

Andererseits sah ich ihn vor mir sitzen, wie er war, erhaben, ganz der Chef, überlegt, nachdenklich, alles gründlich fachlich bedacht! In diesen Mann hatte ich mich verliebt, da er so überlegt handelte, fachlich alles bedachte, so kultiviert war, in der Mittagspause ein Hörbuch von Schiller hört. Er hatte gesagt, dass er daraus viel lernen würde, von Schiller. Er war belesen, kultiviert und holt die Polizei?

Irgendwie passte das alles nicht! Er musste sich selbst in einer Grenzsituation befinden. Unabhängig davon ist das Verhalten der Leitung des Hauses zu sehen.

Vielleicht verhielt auch er sich so, wie er sich bisher nie verhalten hatte! Vielleicht kannte er selbst sich nicht mehr! Ich war eine Bedrohung auf ganzer Linie! Für seine Gefühle, für seinen Ruf, für seine Stellung bei der Arbeit, in der Familie, im gesamten Umfeld und natürlich für seine Zukunft, war ich eine Bedrohung. Mit einem Wort zu seiner Frau, würde ich seine Pflege aufs Spiel setzen. Das konnte die größte Bedrohung sein. Daher musste ich gestoppt werden, bevor ich etwas seiner Frau sage und sie ihn verlässt.

Bei der Psychologin werden nur meine Gefühle betrachtet. Diese sind aber massiv von ihm abhängig! Ich musste alleine sein Verhalten analysieren und verstehen, um selbst eine Einstellung, eine Gewissheit zu bekommen, damit dieses kräftezehrende, intensive Nachdenken aufhören kann. Warum er sich so verhielt, wie er sich verhielt, diesen Teil musste ich selbst leisten. Aus mir heraus, erspüren, weshalb er sich so verhalten könnte, wie er sich verhielt.

4
Opferschutz

Ich musste mich schützen, so mein Anwalt. Ich bekam tatsächlich Angst vor ihm. Er war vielleicht von mir so gedemütigt und provoziert worden, dass ich mich aus seiner Schusslinie ziehen musste. Ich hatte ihn bedroht, in seinem festen Umfeld hatte ich seine Stellung, seine Glaubwürdigkeit und seine Integrität in Gefahr gebracht.

Ich war eine Bedrohung für ihn. So sehr, dass er bereit ist, mich maximal zu schädigen, um sich zu verteidigen. Er war darauf angewiesen, dass niemand in der Familie davon erfährt, dass er mich höchstwahrscheinlich am 08.09. ins Bett bringen wollte. Seine

Pflege könnte damit in Gefahr kommen.
Um das zu verhindern war es erforderlich, mich komplett abzuschießen, mit allen Mitteln, die ihm zur Verfügung stehen.

Ich wusste nicht, wie ich die Meinung des Hauses auf meine Seite bringen soll. Ich teilte der Leitung des Hauses mit, dass Mr. X in der Begründung zum Antrag auf die Abstandsverfügung gelogen hatte und welche Auffassung mein Anwalt hat.

Der Leitung des Hauses wurde damit klar, dass auch auf ihrer Seite ein Fehlverhalten liegen könnte. Es folgte eine E-Mail mit verhaltener Reue.

Ich bewarb mich auf eine andere Stelle, eine Stelle mit einem neuen Thema, neues Haus, noch weiter entfernt, nicht 100 Km täglich fahren, sondern 160 Km. Ich musste noch mehr Lebenszeit auf der Autobahn verbringen, noch mehr Opfer! Opferschutz!

Er sollte nicht erfahren, wo ich arbeite, damit er mir dort nicht auch noch Schaden zufügen würde.

Ich hatte mit der Bewerbung Erfolg. Nach einer unglaublich kurzen Zeit konnte ich dort mit meiner

Arbeit beginnen. Eine Rekordzeit. Der Bewerbungsschluss war montags und freitags hatte ich bereits die mündliche unverbindliche Zusage. Montags drauf kam die schriftliche Bestätigung. Ich konnte „fliehen". Opferschutz!
Ich verließ die Arbeitsstelle, die Kollegen, die tolle fachliche Wahrnehmung im Hause, ich galt als fachliche Kapazität, verließ die Leitung des Hauses, mein Arbeitsthema, das mir sehr gut gefiel, aber auch mit Erinnerungen voll behaftet war.
Es war sehr, sehr schmerzhaft! Erneut!

Neubeginn, neue Stelle. Opferschutz!

5
Zweifel

Ich konnte ihm doch unmöglich böse sein. Das konnte doch alles nicht stimmen! Meine Ambivalenz schlug zu.

Er war teilweise so berührbar! Als er im Juni erklärte, dass er im Herbst gehen müsse, sagte ich sanft, dass er das nicht ankündigen solle. Er nahm seine PC-Maus, schaute in den PC und rutschte an den Schreibtisch heran. Auf seinem Gesicht lag ein schönes Lächeln, seine Augen strahlten. Es fühlte sich an, als ob er an auf der Tischfläche zerfließen und an der Tischkante heruntertropfen würde, so zart. Ich spürte, dass ich sein Herz berührt hatte.

Angenommen, er hatte sich tatsächlich in mich verliebt, konnte das aber nicht zulassen, was war dann mit dieser Seite? Wie brutal musste er dieses mögliche Gefühl bekämpfen, das er nicht zulassen durfte? Konnte er gegen sein Herz arbeiten? Schaffte er das? Konnte er sich entziehen? War der Flirt und der Blick die wahrhafte, unbedachte Äußerung seines Herzens, die er sich nicht zugestehen durfte, die gar nicht geschehen durfte, die nicht sein durfte?

Es hat ihm gefallen, wie ich seinen Abschied gestaltete. Er schaute am Schluss so traurig, als ich vor seinen Augen zur Tür hinaus ging. Er winkte. Es wirkte, als würde ihm das Herz brechen. Es saß eine Kollegin zum Abschiedsgespräch bei ihm im Arbeitszimmer. Alles an diesem Tag muss für ihn surreal gewesen sein. Er musste von seiner Arbeit weg gehen, er musste sein berufliches Leben zurücklassen, seine Kollegen, seine Stellung, seine Gewohnheiten, mich, was auch immer ich für ihn bin oder war. Konnte er das alles schaffen?
Er wusste, dass nun die letzte Phase folgt. Er wollte

mich bei dieser Phase nicht dabeihaben. Er wollte nicht einmal, dass wir ab und zu einen Kaffee trinken gehen. Er bestimmte kein Mindestmaß! Er hatte mir beim Abschied seine private E-Mail-Adresse gegeben und sagte nur „...aber, ..." und zog die Augenbrauen hoch, als ob er sagen wollte: Aber nicht übertreiben. Als ich den Zettel in die Hand nahm, sagte ich, „ja, ich weiß, was Sie meinen." Ich wusste nicht, dass ich es nicht schaffen würde, mich zurückzuhalten, Maß zu halten. Er meinte, wir könnten einen Kaffee trinken gehen. Ich sagte, „ja, aber nicht zu schnell. Im Advent vielleicht." Ich habe es nicht geschafft.

Er wollte auch keinen Schlusspunkt setzen, sonst hätte er mir die private E-Mail-Adresse nicht gegeben. Es war irgendetwas in ihm, was ihn zu mir hinzog. Ich war die Einzige, der er diese private E-Mail-Adresse im Haus gegeben hatte. Neben der Leitung des Hauses. Vielleicht kannte er das Maß seiner Gefühle für mich nicht, da sie überlagert waren von den Gefühlen des Abschieds.
Unsere „Beziehung" war nicht geklärt. Auf meiner Seite schon gar nicht und auf seiner Seite vermutlich ebenfalls nicht.

Nach seinem Abschied musste er alles mit der Arbeit

Zusammenhängende, an den Nagel hängen. Auch mich.

Ich verspürte einen Drang, ein Signal zu setzen für sein Herz, falls er die ganze Zeit dagegen arbeiten würde, falls er diese ganze Mammut-Show nur zu seiner Sicherheit veranstaltete. Damit er sich bei seiner Arbeit gut verhielt, damit er sich als Vater und Ehemann und in seinem sonstigen Umfeld glaubwürdig verhielt. Damit keiner, absolut keiner seine wahren Gefühle sieht. Nicht einmal er!

Natürlich könnte es auch auf seiner Seite ein Trennungsschmerz sein. Er darf es sich nicht zugestehen, mich zu lieben. Diese Liebe hat keine Zukunft, daher darf sie nicht sein. Er musste dieses Gefühl bekämpfen. Eine Art Abwehrreaktion, hier Reaktionsbildung?

Aus Wikipedia:

Reaktionsbildung steht in der Psychoanalyse für einen Abwehrmechanismus. Ein Triebimpuls aus dem Unbewussten wird abgewehrt, indem eine entgegengesetzte Verhaltensweise entwickelt wird.

Nach der gängigen psychoanalytischen Theorie ist die Reaktionsbildung (Bezeichnung entstammt der Tat-

sache, dass etwas eine direkte Reaktion auslöst) die Verdrängung eines inakzeptablen (und deshalb Unlust erweckenden) Gefühls durch eine Umkehr in sein Gegenteil (Verminderung der Unlust, Maximierung der Lust). Da die Auslöser von Lust und Unlust äußerst individuell sein können, sind Reaktionsbildungen auch individuell. Eine Reaktionsbildung, die für eine Person funktioniert, würde nicht unbedingt für eine andere passen. Es kann bewusst, unbewusst oder teilweise bewusst geschehen.

Strukturtheoretische Aspekte: Oberflächlich betrachtet, in Hinblick auf die psychischen Instanzen (Struktur) Ich, Es und Über-Ich, passiert eine Reaktionsbildung zwischen einer Instanz und einer anderen: Der Wunsch, alle Frauen sexuell zu erobern, aus dem Es, könnte zum Wunsch führen, zölibatärer Priester zu werden, im Über-Ich beheimatet. Ebenso kann Kastrationsangst (Über-Ich) zu sexueller Überaktivität (Es) führen. Tiefer betrachtet, ist auch das komplexer, weil alle Wünsche und Ängste multi-determiniert sind, und jeder setzt sich aus verschiedenen Elementen aus allen drei Instanzen zusammen.

Triebtheoretische Aspekte: Ein Gefühl aus dem aggressiven Trieb kann in ein Gefühl aus dem libidinösen

Trieb verwandelt werden und umgekehrt. Aber die Reaktionsbildung kann auch innerhalb eines einzigen Triebes, ob libidinös oder aggressiv, verwandelt werden. Auch das ist komplizierter, weil es keine Wünsche gibt, die ausschließlich aus nur einem Trieb entstammen, immer spielen beide Triebe eine Rolle, wenn auch in variablem Verhältnis.

Das passte! Es könnte eine Reaktionsbildung sein. Das Gefühl aus dem libidinösen Trieb verwandelt sich in einen aggressiven Trieb. Der Triebimpuls aus dem Unbewussten wird abgewehrt, indem eine entgegengesetzte Verhaltensweise entwickelt wird. Und ich würde hinzufügen wollen: in gleichem Maße!

Gerade weil er mich so liebt, muss er mich in diesem Maß aggressiv abwehren. Er verrät sein diametrales eigentliches Gefühl damit, wie er sich verhält. Das ist ihm vielleicht nicht einmal bewusst!

Anders gesagt: Würde er mich nicht lieben, hätte er es mit Leichtigkeit gleich sagen können! Er hätte mir in seinem Arbeitszimmer im Oktober sagen können, dass dieser Blick vom 08.09. eine kurze, aber nicht ernst zu nehmende Äußerung war. Der Blick hat für diesen Moment gepasst, aber er fühlt nichts weiter.

Er hätte über seine Gefühle reden können, wenn keine vorhanden wären für mich. Er hätte die E-Mails stoppen können und sagen können, dass er sie nicht haben will und ich solle die Gefühle lieber meinem Ehemann widmen, da gehören sie hin und nicht für ihn investieren. Doch er konnte es nicht sagen! Bis heute nicht! Weil er etwas für mich empfindet. Daher die aggressive Reaktion mit der Polizei!

Man muss bei ihm das Gefühl von seinem Verhalten trennen.

Mir kommt es allerdings nur darauf an, zu erfahren, ob er mich liebt. Unabhängig vom äußeren Verhalten. Hätte er in seinem Arbeitszimmer alles ehrlich zugegeben, sein ggf. vorhandenes Gefühl, seine Krankheit, dass er das Bild nicht zerstören will, welches er mir gegenüber abgibt, dass er mich nicht in dieser Krankheit dabeihaben will, auch nicht ab und zu, er nicht möchte, dass ich diese Krankheit und ihn mit dieser Krankheit sehe, dann wäre alles anders gekommen. Ich hätte es verstanden!

Aus Liebe hätte ich ihn geschützt! Ich hätte keine E-Mails schreiben müssen, um diesen Punkt herauszubekommen, wenn er es gleich gesagt hätte. Niemals

hätte ich etwas gegen ihn getan, was ihn in seiner Ehe, seiner Familie oder irgendwo anders kompromittieren würde, seine mögliche Liebe zu mir verraten würde!
Zufrieden hätte ich mich zurückgezogen und wäre glücklich, dass er mich so liebt, dass er auf mich verzichtet.

Mit dieser möglichen Erkenntnis wird es ja noch komplizierter!

Seine Show könnte zum einen eine Abwehrreaktion sein und des Weiteren dafür sorgen, dass ich ihn nicht mehr liebe, damit ich besser von ihm loskomme, damit ich ihn für den größten „Sauhund" aller Zeiten erachte. Es kann auch beabsichtigt sein, damit ich loskomme von ihm. Gesteuert? Auch das? Warum so schwierig? Warum kann er es nicht sagen?

Warum hat er nicht eine einzige E-Mail gesendet und gesagt, dass er nichts für mich empfindet? Immer wieder habe ich gesagt, ich lege ihm mein Herz zu Füßen, er solle sich äußern, wie es um sein Herz steht. Er tat es nicht. Würde er nichts für mich empfinden, dann hätte er es gesagt! Davon bin ich mittlerweile überzeugt.
Schon im Sandkasten sagt ein Kind deutlich, wenn es

etwas nicht will, wenn es tatsächlich so ist.
Er aber sagte NICHTS. Er sagt nicht, ich will dich nicht, weil er es nicht kann. Weil es nicht stimmt!

Also muss ich nun das äußere Spiel mitspielen, aggressiv gegen ihn vorgehen, auf dieser Ebene äußerlich mit ihm kommunizieren und mich ebenfalls widersprüchlich verhalten. Dann würde auch bei mir und bei ihm die Außenwelt überzeugt sein, dass ich ihn nicht liebe. Das passt auch für meine Partnerschaft, für die Leitung des Hauses und den Vertreter, für seine Familie. Dort, wo diese Liebe eben nicht sein durfte. So, wie bei ihm. Ich musste mich bewusst spiegelbildlich verhalten! Wie grotesk!

Im Falle, dass sein Herz für mich ist, wollte ich ihm zeigen, dass ich ihm gegenüber nicht wirklich negativ eingestellt bin.

Ich ließ ihm am 18.03. einen Gutschein, zukommen, ein Friedenssymbol. Verrückt! Von einer Tiffany-Glaskunst-Werkstatt im Norden bekam er einen von mir bezahlten Gutschein.
 Er lehnte den Gutschein ab und zeigte mich erneut an! Der Gutschein sollte dennoch seine positive Wirkung haben, 4 Wochen später.

Kapitel V

1
Die Akte kommt von der Staatsanwaltschaft

21.03. die Akte wurde meinem Anwalt von der Staatsanwaltschaft übersandt.

Ich musste nun endlich die Begründung der Stalking-Anzeige vom 06.01. lesen.

Gründe:
„Der Antragsteller beantragt im Verfahren der einstweiligen Anordnung die Anordnung von Schutzmaßnahmen.
Eidesstattlich versichert hat der Antragsteller folgenden Sachverhalt glaubhaft gemacht.
Der Antragsteller und die Antragsgegnerin sind bis zur Berentung des Antragstellers im November Arbeitskollegen gewesen.
Im Juni begann die Antragsgegnerin (also ich) dem Antragsteller Avancen zu machen und schickte ihm diesbezüglich diverse Nachrichten, sowohl auf sein Arbeitstelefon als auch auf seine berufliche E-Mail Adresse."

Ich hatte im Juni lediglich erwähnt, dass er nicht sagen soll, dass er im Herbst geht. Ein einziges Mal. Schriftlich war nur die E-Mail vom 26.08. Es war die erste Unwahrheit.

„Nachdem die Antragsgegnerin trotz fehlender Reaktionen des Antragstellers auf dieses Verhalten nicht mit dem Übersenden von Nachrichten aufhörte, unterrichtete der Antragsteller die Leitung des Hauses von diesem Verhalten und führte Anfang Oktober in Anwesenheit einer Kollegin ein klärendes Gespräch mit der Antragsgegnerin."

Es fehlte erst im August, auf meine E-Mail vom 26.08. eine Reaktion uns ab den E-Mails nach seinem Geburtstag, im November.

Er wird also bereits die E-Mail vom 26.08. an die Leitung des Hauses übersandt haben. Das klärende Gespräch war am 31.08. von 08:59 bis 09:22 Uhr. Ich ahnte, was er vorhatte. Die Begründung sollte so aussehen, dass ich eben einfach nicht kapieren will, dass er nichts von mir will. Er schrieb die zweite und dritte Unwahrheit an Eides statt!

„In diesem Gespräch (also im Oktober) forderte der Antragsteller die Antragsgegnerin dazu auf, es zu unterlassen, ihm weitere Nachrichten zu schicken und auch

anderweitige Annäherungsversuche zu unterlassen."

Ich hatte keine Annäherungsversuche unternommen. Bei dem Gespräch vom 31.08. hatte er geäußert, dass er kein Interesse an mir hat. Von Annäherungsversuchen war nicht die Rede, die gab es auch nicht. Eine vierte Unwahrheit.

Trotz dieser Aufforderung und dem mittlerweile erfolgten Ausscheiden des Antragstellers aus dem Berufsleben, setzte die Antragsgegnerin ihr bisheriges Verhalten fort und übersandte dem Antragsteller auch weiterhin E-Mails – nunmehr auf seinen privaten E-Mail-Account – und Briefe an seine von ihr ermittelte Wohnadresse.

Der Antragsteller erstattete nach Ankündigung eines Aufsuchens des Antragstellers an seiner privaten Wohnadresse durch die Antragsgegnerin bei der Polizeiwache Anzeige wegen Stalkings.

Das Ermittlungsverfahren wird unter der Vorgangsnummer .... geführt. Auch die Einleitung des strafrechtlichen Verfahrens führte jedoch zu keiner Verhaltensänderung der Antragsgegnerin, die dem Antragsteller weiterhin E-Mails, zuletzt am 01.01 übersandte.

II.

Der zulässige Antrag auf Erlass einer einstweiligen Anordnung ist begründet.

Die Antragsgegnerin hat den Antragsteller ohne rechtfertigenden Grund und vorsätzlich unzumutbar belästigt, indem sie den Antragsteller unter Verwendung von Fernkommunikationsmitteln verfolgte und dieses Verhalten auch nach ausdrücklicher Unterlassungsaufforderung durch den Antragsteller fortsetzte."

Er hatte keine ausdrückliche Unterlassungsaufforderung vorgenommen.
Es ist die fünfte Unwahrheit an Eides statt!

„Aus diesem Grund waren gem. §§ 1 GewSchG, 1004 BGB analog die erforderlichen Maßnahmen anzuordnen.
... dringendes Tätigwerden
Befristet
Die Entscheidung wird mit Erlass wirksam
Die Festsetzung des Verfahrenswertes für das Verfahren der einstweiligen Anordnung beruht auf ...
Die Kostenentscheidung beruht auf... Rechtsbehelfsbelehrung."

2
Anordnung

Seine Rechtsanwältin beantragte namens und mit Vollmacht des Antragstellers (also ihm) den Erlass folgender einstweiliger Anordnung – wegen Dringlichkeit ohne mündliche Verhandlung am 06.01.
Die Abstandsverfügung
Einzelne Ziffern

Begründung:
„Die Beteiligten sind ehemalige Arbeitskollegen."
Er sagte nicht, dass er mein Vorgesetzter war.
„Im Juni kam es erstmals zu Kontaktaufnahmen durch die Antragstellerin (er meinte wohl Antragsgegnerin), die über solche eines neutralen Arbeitsverhältnisses hinausgingen. Die Antragsgegnerin begann den Antragsteller auf seinem Arbeitstelefon Nachrichten zu übermitteln und bat ihn um außerdienstliche Treffen."
Bildaufnahme vom Arbeitshandy als Beweismittel.

Die erste SMS war am 09.09. ein erstes außerdienstliches Treffen wollte ich am 30.09., weil seine Ignoranz mir gegenüber unerträglich war. Er hatte die SMS damit beantwortet, dass er mich zurückrief und fragte, ob wir es nicht „beim Dienstlichen belassen wollen".

Von Belästigung war nie die Rede!
„Obwohl der Antragsteller auf keine der Nachrichten, weder auf dem Arbeitstelefon noch per E-Mail reagierte, blieb es bei diesen Kontaktversuchen nicht."

Er reagierte auf die SMS vom 30.09. Er schrieb die Unwahrheit.

Es sei zwischen Juni und November zu zahlreichen E-Mails und Nachrichten auf den Arbeitsgeräten des Antragstellers gekommen, die keinen fachlichen Bezug hatten.
Er sei mir aus dem Weg gegangen, versuchte nur unvermeidbaren, arbeitsbezogenen Kontakt mit mir zu haben, möglichst unter Anwesenheit dritter Personen. Er meinte, dass ich dieses Verhalten als aufregende Heimlichtuerei seinerseits interpretiert hätte, und er stimmte daher schließlich kurz vor seiner Pensionierung unter der Bedingung der Hinzuziehung einer neutralen Person, einem Gespräch mit der Antragsgegnerin zu.

ER wollte das klärende Gespräch am 31.08., nicht ich! Und auch nicht Anfang Oktober. Die nächste Unwahrheit. Es wurde unerträglich!
Warum log er an Eides statt? Das ist eine Straftat

(uneidliche Falschaussage).
"Im Rahmen dieses Gesprächs erklärte der Antragsteller gegenüber der Antragsgegnerin ausdrücklich, dass er kein Interesse an ihr und den an ihn unablässig übersandten Nachrichten hat." Glaubhaftmachung über eine zu ladende Zeugin.

Im August gab es noch keine unablässig übersandten Nachrichten. Die Zeugin hat mir einen Nachweis ihrer Zeitbuchung zur Verfügung gestellt. Meine Buchung fand gleichzeitig statt. Der Zeitpunkt 31.08. lässt sich nachweisen.

"...an die private E-Mail-Adresse auf Umwegen gelangt...."
Ich bin an die private E-Mail-Adresse nicht auf Umwegen gelangt, sondern er hat sie mir bei seinem Abschied um 12:15 Uhr gegeben. Es handelt sich hier strafrechtlich um eine falsche Verdächtigung, erneut eine Straftat. Ich habe den Zettel noch, ich kann ihn leicht widerlegen.

Kurzum: Es wurde das Blaue vom Himmel herunter gelogen.
Da stand ich nun, des Stalkings tatverdächtig, weil er die Fakten unrichtig darstellte. Oder anders

ausgedrückt: Er log sich die Begründung so zurecht, damit er mich wegen Stalkings anzeigen konnte!

Jedoch war die Aufzählung der E-Mails, die ich übersandt hatte, von besonderem Interesse: Es fehlte die E-Mail vom 4.12., vom 16.12. vom 20.12. Die Krankheit, der Flirt, alles, was ich geklärt haben wollte und dadurch die E-Mails meinerseits in Gang hielt, hatte er weggelassen!

3
Strafanträge stellen

§ 153 StGB
Falsche uneidliche Aussage
Wer vor Gericht oder vor einer anderen zur eidlichen Vernehmung von Zeugen oder Sachverständigen zuständigen Stelle als Zeuge oder Sachverständiger uneidlich falsch aussagt, wird mit Freiheitsstrafe von drei Monaten bis zu fünf Jahren bestraft.

§ 42 Bundesdatenschutzgesetz
Weiterleitung der E-Mails ohne mein Wissen, um mir zu schaden
Absatz 2: Mit Freiheitsstrafe bis zu zwei Jahren oder mit Geldstrafe wird bestraft, wer personenbezogene

Daten, die nicht allgemein zugänglich sind,

1. ohne hierzu berechtigt zu sein, verarbeitet oder

2. durch unrichtige Angaben erschleicht

und hierbei gegen Entgelt oder in der Absicht handelt, sich oder einen anderen zu bereichern oder einen anderen zu schädigen.

Strafgesetzbuch (StGB)
§ 164 Falsche Verdächtigung

(1) Wer einen anderen bei einer Behörde oder einem zur Entgegennahme von Anzeigen zuständigen Amtsträger oder militärischen Vorgesetzten oder öffentlich wider besseres Wissen einer rechtswidrigen Tat oder der Verletzung einer Dienstpflicht in der Absicht verdächtigt, ein behördliches Verfahren oder andere behördliche Maßnahmen gegen ihn herbeizuführen oder fortdauern zu lassen, wird mit Freiheitsstrafe bis zu fünf Jahren oder mit Geldstrafe bestraft.

(2) Ebenso wird bestraft, wer in gleicher Absicht bei einer der in Absatz 1 bezeichneten Stellen oder öffentlich über einen anderen wider besseres Wissen eine sonstige Behauptung tatsächlicher Art aufstellt, die

geeignet ist, ein behördliches Verfahren oder andere behördliche Maßnahmen gegen ihn herbeizuführen oder fortdauern zu lassen.

(3) Mit Freiheitsstrafe von sechs Monaten bis zu zehn Jahren wird bestraft, wer die falsche Verdächtigung begeht, um eine Strafmilderung oder ein Absehen von Strafe nach § 46b dieses Gesetzes oder § 31 des Betäubungsmittelgesetzes zu erlangen. In minder schweren Fällen ist die Strafe Freiheitsstrafe von drei Monaten bis zu fünf Jahren.

§ 187 StGB
Verleumdung

Wer wider besseres Wissen in Beziehung auf einen anderen eine unwahre Tatsache behauptet oder verbreitet, welche denselben verächtlich zu machen oder in der öffentlichen Meinung herabzuwürdigen oder dessen Kredit zu gefährden geeignet ist, wird mit Freiheitsstrafe bis zu zwei Jahren oder mit Geldstrafe und, wenn die Tat öffentlich, in einer Versammlung oder durch Verbreiten eines Inhalts (§ 11 Absatz 3) begangen ist, mit Freiheitsstrafe bis zu fünf Jahren oder mit Geldstrafe bestraft.

Verhältnismäßigkeitsgrundsatz

Der Verhältnismäßigkeitsgrundsatz ist ein (unge-

schriebener) Teil des Rechtsstaatsprinzips. Bei dem Verhältnismäßigkeitsgrundsatz geht es letztlich darum, dass staatliche Gewalt gegenüber den Bürgern schonend und nur bei wirklicher Dringlichkeit angewandt werden soll.

Gutachten über seine Zurechnungsfähigkeit
Bevor der Gutachter mit seiner Arbeit beginnt, bekommt er den Auftrag, etwas Bestimmtes herauszufinden. Zum Beispiel soll er die Schuldfähigkeit oder Glaubwürdigkeit des Probanden einschätzen. Nach dem Durcharbeiten der Akte folgt ein ausführliches Gespräch. In diesem geht es um folgende Punkte:
- Lebenslauf
- Krankheiten
- Berufsleben
- Bezugspersonen
- Beziehungen
- Drogenkonsum
- Frühere Straftaten
- Einstellung zu Gewalt und Waffen

Aus den Antworten versuchen die Gutachter dann, die Persönlichkeit des Menschen einzuschätzen. Natürlich lassen sich Gutachten auch manipulieren, der Psychologe muss also auch erkennen, ob er gerade angelogen werden soll.

Arbeitsrechtliche Konsequenzen

Einer ehemaligen Kollegin übersendet man nicht ohne Vorwarnung die Polizei! Strafmaßnahmen sollten ergriffen werden.

Schmerzensgeld

Wikipedia: Das Schmerzensgeld (nach österreichischer Terminologie auch Schmerzengeld, in der Schweiz Genugtuung) ist ein Anspruch auf Schadensersatz als Ausgleich für immaterielle Schäden, d. h. Schäden nicht vermögensrechtlicher Art, nach deutschem Recht zusätzlich mit einer Sühnefunktion. Neben Körperschäden sollen alle Unannehmlichkeiten, seelischen Belastungen und sonstigen Unwohlgefühle wiedergutgemacht werden, die mit einer erlittenen Verletzung am Körper einhergehen. In diesem Zusammenhang spricht man auch vom Ersatz des immateriellen Unbills.

Schadenersatz

Ausgleich des Schadens (Interesse), der einem anderen durch einen vom Ersatzpflichtigen zu vertretenden Umstand, erwachsen ist. Eine Schadensersatzpflicht kann sich u.a. sowohl aus einem zwischen den Parteien bestehenden Vertrag (Pflichtverletzung), bes. bei gegenseitigen Verträgen, als auch aus einem Verschulden bei Vertragsverhandlungen oder auch außerhalb vertraglicher Beziehungen aus dem Ge-

sichtspunkt unerlaubter Handlung oder der Gefährdungshaftung ergeben.

Doch halt! Bedenkzeit!
Stopp!

Kapitel VI

1
Ambivalenz

*Am·bi·va·lenz
/Ambivalénz/*

*Substantiv, feminin [die]
BILDUNGSSPRACHLICH•FACHSPRACHE
1. Zwiespältigkeit; Spannungszustand; Zerrissenheit [der Gefühle und Bestrebungen]*

Wenn ich nun die Strafanträge stelle, verhalte ich mich genauso, wie er. Will ich das?
Habe ich solch ein Verhalten gelernt?
Ist das meine Art?
Gehört der Gang zur Polizei zu meiner Problembewältigung?
Ist mein Verhalten nicht schon immer von Christlichkeit und Nächstenliebe geprägt gewesen?

Ist der Gang zur Polizei nicht hilflos? Ist der Gang zur Polizei nicht ein letztes Mittel, wenn Gefahr droht und man diese Gefahr nicht ohne staatliche Gewalt stoppen kann?

Will man von der Polizei nicht einen Personenschutz, wenn es ggf. bewaffnete Angreifer gibt? Bin ich ein aggressiver Angreifer? Wo habe ich ihn angegriffen und in welcher Weise bin ich gefährlich? Wehre ich mich mit der Polizei?

Strafanzeigen stellen, das ist nicht die Art und Weise, wie ich mich verhalten will. Das ist nicht die Art und Weise, wie ich in der Öffentlichkeit auftreten möchte. Ich habe gelernt, nicht zuletzt bei der Telefonseelsorge, dass ich mich mit Worten einem Problem stelle.

Ist der Gang zur Polizei nicht ohnmächtig? Er verhält sich, wie ein verzweifeltes Kind, das um sich schlägt. Schlage ich ein verzweifeltes Kind?

Nun aber werde ich angegriffen. Er nutzt die staatliche Gewalt, um mich anzugreifen, weil ich ihm irgendetwas getan habe und ich weiß nicht, was es ist. Die Begründung für die Polizei und die Staatsanwaltschaft ist gelogen. Er ist in der Defensive. Durch mein Verhalten scheine ich ihn dazu gebracht zu haben oder er handelt immer auf diese Weise. Er kann aus irgendeinem Grund nicht anders.

Für mich völlig überraschend werde ich angegriffen, wobei er behauptet, ich hätte ihn angegriffen, ich hätte ihn gedemütigt und bedrängt, so dass ich per gerichtlichem Beschluss auf Distanz gehalten werden muss. Ohne, dass es vorher ein Mediationsgespräch gegeben hätte, ein klärendes Gespräch. Nein, meine Erwartung, dass ein klärendes Gespräch stattfinden soll, wurde ignoriert und als ich der Erwartung Nachdruck verlieh, schickte er mir die Polizei, um abzusagen!

So, und nun stehe ich hier mit meinen christlichen Werten und der Idee, dass der Christ die zweite Wange hinhalten soll und muss mich irgendwie verhalten. Soll ich mich verteidigen? Mein ist die Rache, spricht der Herr! Und ich, wohin gehe ich mit meinen Rachegefühlen?

Soll ich alles geschehen lassen? Meine Wut runterschlucken, seine Anwaltskosten auch noch zahlen, seiner Frau nicht sagen, wer er ist, wie die Wahrheit aussieht, möglichst auch nicht seinen Kindern erzählen, auch nicht bei der Arbeit vermutlich, denn die sollen es auch nicht erfahren.
Wenn ich mich füge, gebe ich dann nicht ein Fehlverhalten zu?

Was soll ich tun?

Was hättet Ihr getan?

Ich fühlte mich, als wäre ich ein lästiges Insekt, das mit der Fliegenklatsche erschlagen werden soll. Aber warum war ich so lästig? Ab welchem Zeitpunkt? Womit habe ich ihn auf das Schlimmste provoziert, dass er die Polizei schickt und meine E-Mails weiterleitet?

Ich bin in der Defensive! Bei der Arbeit hat er mir den Ruf gemordet. Er hat die Meinung der Leitung des Hauses so beeinflusst, wie er dies wollte. Er hat SICH dargestellt, wie ER gut aus dieser Angelegenheit rauskommt.
Ich weiß nicht, was er gesagt hat. Um dies zu erfahren, muss ich die Strafanträge stellen. Ich stecke in einem Dilemma. Die Ermittlungen bei § 42 BDSG beginnen bei der Leitung des Hauses! Will ich das?

Ich habe alle Nachteile zu tragen, dafür hat er gesorgt. Wenn ich nur wüsste, was ich getan habe! Wenn ich mich ihm gegenüber gesichert als schuldig fühlen könnte, dann würde ich wissen, dass ich es verdient habe. Strafe kann man nur einsehen, wenn sie berechtigt ist. Sie ist in meinem Fall nicht berechtigt. Mir wird etwas in die Schuhe geschoben und ich soll mich nicht wehren. Hat er so mit den vielen Geschwistern überleben können? Macht man das so? Wenn er etwas ausgefressen hat, hat er es einem anderen – und es gab Auswahl – in die Schuhe geschoben. Es musste nur so aussehen, dass man ihn nicht erwischt und der, dem man es in die Schuhe geschoben hat, muss sich anschließend nicht mehr wehren können, weil die Meinung des Familienoberhauptes auf seiner Seite lag.

Wollte ich mich genauso verhalten? Fies, hinterhältig, niederträchtig, lügend?
Wollte ich mich auf seine Ebene begeben und die Strafanträge stellen, zurückschlagen mit seinen hilflosen Mitteln?

Die Wut auf ihn war unermesslich! Warum hat er die Mails weitergeleitet? Warum will er mich schädigen? Warum redet er nicht mit mir?

Zwei vollständig gleichstarke Säulen der Gefühle waren in mir vorhanden. Die eine Säule war nach den bisherigen Erfahrungen mit ihm voll und ganz auf seiner Seite. Empathie für ihn, seine Lage, seine Krankheit und seine Bedingungen.

Weitestgehend habe ich mich monatelang mit seinen Äußerungen, seinem Verhalten, seinem Verhalten mir gegenüber und den nonverbalen Signalen beschäftigt. Es war erforderlich, weil er sich nicht äußerte, weil ich keine andere Möglichkeit hatte.

Ich hatte ein Verhalten vom 08.09., ein Rückzug, eine Äußerung, ob „man es nicht bei dem Dienstlichen belassen solle", die Äußerung, dass er ein „festes Umfeld" habe, dass ich mich „auf den Pfad der Tugend" zurückbegeben solle. Mehr nicht!

Was ist in den Monaten des Schweigens passiert, in welche hinein ich meine Botschaften sendete?

Wie hat sich diese Person so wandeln können? Zunächst liebevoll, mir zugeneigt, positiv. Ein Flirt, Lachen, Augenzwinkern, ein unvergesslicher Blick.
Genau dort wurde ich stehen gelassen. Für Monate.
Bis die Polizei kam.

Ab wann hätte ich merken müssen, dass im Hintergrund ein Fass vollläuft, dass er den Kontakt nicht (mehr) möchte?

Keine unzustellbaren E-Mails als Signal, keine

Äußerung, dass er die E-Mails nicht haben möchte, keine Äußerung über seinen Gefühlszustand. Auch die Leitung des Hauses sagte nichts, auch der Vertreter sagte nichts. Er sagte nichts. Ich habe nur die „Gewalt". Die staatliche Gewalt. Die Polizei! Den Rufmord.

Ich habe noch seine Begründung vom 06.01.2021. So möchte er sein Verhalten wahrgenommen sehen. Und nur so. Dies soll die Wahrheit sein, mit der er leben kann und ich leben soll und das Gericht über mich entscheiden soll. Diese Begründung ist das Abbild dessen, wie er sich gewandelt hat und was im Hintergrund passiert ist, oder auch, wer er wirklich ist oder sein soll, sein darf.

Die Konsequenz aus der Begründung, nämlich, dass ich aufgrund des Stalkings bestraft werden soll, ist die, mit der er vor seiner Frau, seiner Familie, vor der Leitung des Hauses bestehen kann. Was es mit mir macht, spielt keine Rolle.

Wenn ich die Strafanträge stelle, begebe ich mich auf seine Ebene der gegenseitigen Gewalt. So wollte ich nie werden. Immer habe ich Kommunikation geübt. Immer versucht, Situationen zu klären, auch für andere. Besonders für andere.

Welche Überlegungen müssen vorausgegangen sein, dass er ohne Vorankündigung die Polizei schickt? Ist das der Weg, den er für angemessen hält? Mein ehemaliger Chef?
Es muss eine Notsituation sein, in welche ich ihn gebracht habe. Oder hat er sich dorthin gebracht und muss zusehen, wie er um sich schlagend, wieder herauskommt?

Es kann nur die härteste Maßnahme passend sein, für eine harte Notsituation. Habe ich ihn so massiv in Schwierigkeiten gebracht? Was hat ihn so gedemütigt?

Seine Pflege könnte in Gefahr gekommen sein. Wenn das Vertrauen seiner Frau zu ihm schwindet und er sie verliert, muss er in ein Pflegeheim. Ein Pfleger stellt ihm die Füße vor die Bettkante, setzt ihn an den Tisch und in einigen Stunden kümmert man sich erneut um ihn. Vielleicht.
Ohne seine Familie – sein festes Umfeld – muss er in ein Pflegeheim. Das ist die harte Konsequenz, wenn er sich fehlverhält und wenn seine Frau ihn verlässt. Das hätte er sagen können. Ich hätte es verstanden.

Er sagte nichts.

Ich bin ein Risiko. Daher musste ich mit aller Wucht gestoppt werden, und zwar ohne Worte zu mir und in der Begründung für die Stalkinganzeige musste der Ablauf und die Fakten entsprechend zurechtgelogen werden. In dieser Not sogar bewusst, mit aller Unwahrheit, die erforderlich war. Mögliche Folgen, Strafe, Verurteilung, Schadenersatz, müsste er irgendwie begründen. Ich wäre auf jeden Fall schuld, egal wie er bestraft werden würde. Er würde es gegenüber seiner Frau so hindrehen, egal wieviel er bezahlen müsste, aus dem gemeinsamen Topf.

Den tatsächlichen Ablauf würde er abstreiten, er würde es niemals zugeben! Eher stirbt er, als dass er sein Fehlverhalten zugibt. Er würde in den Strafverfahren erneut lügen. Es geht um seine Sicherheit, seine Pflege, seine Existenz!

Das bedeutet, dass ich die gesamte Last der Konsequenzen tragen müsste, ohne mich strafrechtlich, zivilrechtlich oder arbeitsrechtlich zu wehren. In diesem Fall müsste ich mich im höchsten Maß christlich verhalten und für ihn Verständnis haben und bekäme NICHTS.

2
Bei Gericht

Am 09.04. erhielt ich die Ladung zum Gerichtstermin. Am 16.04. sollte § 1 GewSchG verhandelt werden.

Mein Anwalt bestand darauf, dass auch gegen ihn eine Abstandsverfügung erlassen wird, um mich zu schützen. Ich würde ihn sodann nicht mehr sprechen können. Er mich nicht und ich ihn nicht. Alles bleibt offen, alles bleibt ungeklärt, alle Nachteile auf meiner Seite! Mein Anwalt, der Terrier, kam nicht mit, er würde ihn vor Gericht fertig machen. Er schickte einen harmlosen Vertreter.

Er erschien bei Gericht. 25 Kilo leichter, Haare sehr kurz, rasiert, nervös. Seine Hände hielten sich an den Armlehnen des Stuhls fest, stark blinzelnd. Typisch, wenn er aufgeregt war. Er versuchte, mich nicht anzusehen, da wir ja eine Abstandsverfügung hatten oder aus Schuldgefühlen, warum auch immer. Er starrte auf die Richterin, lehnte sich zu seiner Anwältin hin, schaute auf die Tischplatte. Er sah verstört aus. Nicht wirklich er selbst.

Er war gekommen, um die Abstandsverfügung auf

unbestimmte Zeit zu verlängern, schließlich hatte ich ihm ja den Gutschein geschickt und käme ewig nicht von ihm los und das war ja schließlich eine Bedrohung, dass ich nicht von ihm loskomme.

Die Abstandsverfügung auf unbestimmte Zeit, musste noch beantragt werden. Daher erschien er persönlich.

Er beantragte, dass ich seiner Frau und seinen Kindern nicht sagen soll, dass er schwer krank sei.

Er ist tatsächlich schwer krank! Hier ist endlich die Bestätigung und, was noch viel schlimmer ist:
Sie wissen es nicht! Seine Frau hat keine Ahnung von seiner Erkrankung!
Er hatte es ihr gegenüber totgeschwiegen oder verleugnet. So, wie er die Wahrheit mir gegenüber totschweigt oder verleugnet, was seine Gefühle anbelangt, macht er das auch mit seiner Krankheit bei seiner Frau und seinen Kindern. Das ist also die Bedrohung! Ich könnte es ihnen verraten und davor hat er Angst!

Ich muss sagen, ich war entsetzt! Welche Frau bekommt solch eine Krankheit nicht mit?

Und wie häufig muss er diese Frau anlügen, damit sie

nicht die richtigen Schlüsse zieht? Welch ein Mann ist das? Ist das normal bei dieser Erkrankung, dass man sie nicht zugeben will?

Oder meint er nur, sie wüsste es nicht? Welcher Gesinnung entstammt die Absicht, die schwere Krankheit der eigenen Frau nicht mitzuteilen? Welch ein eheliches Verhältnis wurde hier gepflegt? Hat er Angst, sie verlässt ihn? Sein Tremor bestand seit 15 Jahren! Er will unbedingt verhindern, dass seine Frau diese Krankheit erkennt.

Was bedeutet diese Krankheit für ihn? War es für ihn schamhaft, dass er diese Krankheit hat?

Er will und wollte zu keinem Zeitpunkt irgendetwas von mir, sagte er.

Wieder eine Lüge. Er wollte etwas am 08.09.
Er will von mir, dass ich alles ertrage:
- *Seine Lügen,*
- *seine unrichtige Darstellung,*
- *sein Verhalten,*
- *seine Weiterleitung der E-Mails*
- *seinen Rufmord*

Er will von mir:

- *Schweigen gegenüber seiner Frau,*
- *Schweigen gegenüber seinen Kindern,*
- *Schweigen gegenüber der Leitung des Hauses*
- *Schweigen gegenüber dem Vertreter der Leitung des Hauses,*
- *Schweigen gegenüber seinen ehemaligen Kollegen, seinen Freunden, seinen Nachbarn,*
- *dass ich seine Krankheit nicht weitersage,*
- *dass ich ihn nicht belästige,*
- *dass ich ihn in Ruhe lasse,*
- *dass ich ihn nicht mehr anmache, aufreize, sonst wie für mich begeistere,*
- *dass ich mit meinen Analysen aufhöre, bevor ich was weiß ich noch erkenne und ihm sage,*
- *dass ich ihn nicht zur Verantwortung ziehe,*
- *dass ich ihn nicht schädige,*
- *dass ich meinen Mund halte,*
- *dass ich dem Gericht nicht die Wahrheit sage,*
- *dass ich seiner Anwältin und seiner Frau und seinen Kindern und der Leitung des Hauses und dem Vertreter und der Nachbarschaft und den Freunden und allen möglichen Leuten nicht sage, wer er ist.*
DAS WILL ER VON MIR. Ist das nichts? Ich finde, das ist ganz schön viel!

Ich behalte es im Hinterkopf: ***Er will und wollte zu***

keinem Zeitpunkt irgendetwas von mir, sagte er.
Dann muss ich mich nicht verpflichtet fühlen zu dem vorbenannten langen Katalog. Gut, dann kann ich darüber getrost schreiben, in einem Buch. In diesem hier.

Aber nun saß er da, in seiner Not, die er nicht zugeben konnte, durfte, wollte. Eine Not, in die er sich durch sein Verhalten selbst gebracht hatte.

Und ich war da. Für ihn eine einzige Bedrohung. Meine Wut war umgehend zur Stelle.

Er saß nervös gegenüber. Was wollte er denn nun tun, direkt vor der Richterin? Er konnte schlecht herüberrennen und mich erschlagen. Das hätte er sicher gerne getan. Mein entlarvendes Mundwerk endlich erschlagen.

Dann wäre er immer noch er und hätte immer noch seine Krankheit und seine Abhängigkeit von seiner Frau und vielleicht diese Gefühle für mich.
Er könnte sich nicht wirklich erleichtern, selbst wenn er mich erschlägt! Es ging vielleicht zu keinem Zeitpunkt um mich, sondern um seine Situation, sein Elend, seine Ausweglosigkeit und dass ich es gesehen

habe, es ihm gesagt habe, dass ich es sehe, in welcher Situation er sich befindet. Das hat ihn gedemütigt und dafür sollte ich bezahlen.

So, wie ich ihn nun erkannt habe, wollte er immer verhindern, dass ihn irgend jemand sieht.

Und wenn ihn jemand in dieser Situation sieht, diese Hilflosigkeit erkennt, musste dieser Jemand mit allen Mitteln unglaubwürdig gemacht werden. Er ist eine Gefahr für sein Selbstbild und alles, was er sich aufgebaut hatte.

Die Ablehnung stand in seinen Augen. Er blinzelte nervös. Gehört das auch zu Parkinson?

Ich wusste, dass meine folgenden Ausführungen nicht zum Verhandlungsthema bei Gericht passten, sagte aber dennoch, dass er ja den Straftatbestand des § 42 BDSG erfüllt haben könnte. Die Weiterleitung der E-Mails an die Leitung des Hauses, ohne mein Wissen, um mir zu schaden. Verleumdung, Denunziation.

Ich erzählte in kurzen Worten, dass es mir nicht möglich war unter einer Leitung des Hauses zu arbeiten, die von meinem Innenleben durch die Weiterleitung der E-Mails alles wusste und ich nicht wusste, was er verändert hat an den Inhalten, an den Aussagen und welche Begebenheiten, Schilderungen er weggelassen hatte. Ich musste die Stelle wechseln, sagte ich, herausgerissen aus meinem Arbeitsumfeld, ein anderes Thema, eine weitere Strecke musste ich zur Arbeit zurücklegen, neue Kollegen, nur Nachteile.

Ich wurde von der Richterin ermahnt, beim Verhandlungs-Thema zu bleiben. Wenn ich nun zu der Besprechung im Oktober etwas zu sagen hätte, das wäre in Ordnung. Ich erklärte, dass diese Besprechung am 31.08. von 9:00-9:22 Uhr stattgefunden hat. Diese war nicht im Oktober. Die Beweise, wann die Besprechung tatsächlich stattgefunden hatte, so meine weiteren Ausführungen, lägen hier im Ordner auf dem Tisch vor. Ich deutete auf den Leitz-Ordner vor mir.

Sogleich sprangen seine Anwältin und er auf die Frage, ob denn ein Protokoll zu diesem Gespräch vorläge. Tut es nicht. Zu seinem Nachteil, denn, worüber sollte denn im August gesprochen worden sein, es lag nach seiner Begründung vom 06.01. noch gar keine E-Mail vor. Die vom 26.08. erwähnte er nicht. Für seine Anwältin war klar, dass er die Unwahrheit gesagt hatte. Er hatte sie komplett angelogen.

Ich hätte den Strafantrag zu § 42 Absatz 2 BDSG stellen können, ich tat es nicht. Das muss mit klarem Verstand gemacht werden und nicht im Affekt. Ich bin nicht so kurzentschlossen, wie er und schlage auf den anderen, nur, weil ich gerade in der Stimmung bin oder weil ich gerade denke, dass er es verdient habe, oder weil sich die Gelegenheit bietet. So etwas musste mit Bedacht geschehen!

Ostentativ drehte er den Kopf zur Wand. Weder seine Anwältin noch die Richterin sollten sein Gesicht sehen. Was machte er hier? In der letzten Gerichtsverhandlung seines Lebens muss er befürchten, dass ich einen Strafantrag nach dem anderen stellen würde, die Verfahren eingeleitet werden, ihm die Einleitung bekannt gegeben wird und er zur Vernehmung bleiben müsste.

Es war brandgefährlich für ihn. Ich hätte Strafanträge dort stellen können. Ich hätte die Nachweise bei der Richterin lassen können. Er hätte die Folgen gleich spüren müssen. Es wäre noch schwieriger, vor seiner Frau alles geheim zu halten.

Wie viel verlangt er noch von mir? Was soll ich zu seinem Schutz noch alles tun, akzeptieren, bereitwillig sein lassen? Wenn ich mich wehre, bringe ich ihn in eine schwierige Erklärungsnot, insbesondere gegenüber seiner Frau.

Sicher wunderte sich die Richterin über mein Verhalten. Bestimmt hatte sie mit Heulen und Zähneklappern meinerseits gerechnet, aber nicht mit einer Darstellung seines Verhaltens in dieser Weise und der Ankündigung von Strafanträgen und Beantragung einer Abstandsverfügung für ihn. Damit hat sicher an diesem Tag niemand gerechnet. Er schon gar nicht. Er war sich so sicher, dass ich ihn auf ewig lieben werde! Es muss ernüchternd gewesen sein für alle Beteiligten.

3
Nur ich bezahle

Ich habe jeden Tag Nachteile zu erleiden. Weitere Fahrt, andere Aufgabe, andere Kollegen, Spannungen in der eigenen Familie, meine psychische Kraft geht zur Neige.

Ich vereinbare einen erneuten Termin mit der Psychologin. Anschließend sage ihn wieder ab.
Ich halte meinen Anwalt zurück, die Strafanträge zu stellen. Kurze Zeit später wünsche ich, er solle sie doch stellen, um sie doch wieder nicht mehr stellen

zu wollen. Er wird ungeduldig. Was jetzt?
Die Ermittlungen würden bei der Leitung des Hauses beginnen. Will ich das? Ich bin gänzlich in der Defensive. Ich muss die Nachdenkliche, die Vernünftige sein. Wie demütigend! Und es gehen Monate ins Land. Monate des Nachdenkens über meine weiteren Handlungen, nachdenken über den Einfluss der Leitung des Hauses auf ihn und die Ereignisse, seine Gefühle, seine Krankheit, seine Situation, seine Bedingungen, seine Risiken, seine Befindlichkeiten, sein Verhalten, meine Gefühle, meine Situation bei der Arbeit und in der Ehe, meine Bedingungen, meine Risiken, meine Befindlichkeiten, mein Verhalten und alles vor dem Hintergrund des christlichen Glaubens, der Moral, der Ethik, des Anstandes!

Der Eindruck, der aus dem Gerichtsverfahren blieb, ist der, dass ich denke, er meinte letztlich gar nicht mich, von der er nichts will oder jemals wollte, sondern seine Krankheit oder die Gefühle für mich oder beides!

Die Krankheit oder die Gefühle für mich oder beides, würde er gerne in die Wüste schicken.

Setzt er mich mit seiner Krankheit gleich? Ich kann

ihn nicht fragen. Es soll keine Kommunikation mehr stattfinden. Vielleicht könnte er eh nicht kommunizieren. Vielleicht kann er mit niemandem darüber reden. In der Begründung vom 06.01. schrieb er, dass ich ihn nicht demütigen soll und nicht bedrängen.

Wie habe ich ihn denn gedemütigt? Indem ich ihm gezeigt habe, dass ich ihn liebe? In dem ich ihm erklärt habe, dass ich seine Krankheit gesehen habe? Bin ich auf der Welt die einzige Person, die von seiner Krankheit weiß? Kann er nicht mit dieser Krankheit umgehen? Hat er solch eine Panik davor und setzt mich mit der Krankheit gleich? Habe ich auf beschämende Art und Weise von seiner Krankheit gesprochen? Vielleicht fühlte er sich auf die Krankheit reduziert und dadurch beschämt.

Was hat die Tatsache, dass seine Frau nicht weiß, dass er diese Krankheit hat, mit mir zu tun? Warum habe ich Nachteile, nur, weil seine Frau nicht draufgekommen ist?
Und immer noch: Wohin mit meinen positiven Gefühlen für ihn? Diese sind immer noch da!
Immer noch wäre ich bereit, ihn zu pflegen. Fühle ich mich verpflichtet dazu? In dem Fall, wenn ihn seine Frau wegen mir verlassen würde, wäre ich

verpflichtet. Er wäre sicher nicht bereit. Allerdings darf es dazu nicht kommen. Er hat alles dazu getan, dass es dazu nicht kommt.

Mittlerweile entferne ich mich innerlich von meinem Partner. Hält doch dieses Gefühl bereits seit 9 Monaten an, für ihn. Darf man sich solch eine gefühlsmäßige Auszeit vom Partner nehmen? Darf ich mir solch einen Raum einfordern?

Ich beschloss auszuziehen. Das wäre nur fair. Wie soll ich je wieder zurück zu meinem Partner finden? Ich bilde innerlich eine permanente Beziehung und Beschäftigung mit diesem Thema ab.

In diesem Fall hätte er mir alles genommen. Oder aufgrund der Tatsache, dass ich seine Krankheit erkannt habe, hätte er mir alles kaputt gemacht. Meinen Job, meine Familie, meine Psyche.

30.04. das Verfahren nach § 238 StGB, wegen Stalking wurde eingestellt. Nichts dran an meinem Tun!
Eine Phase lang wollte ich die Abstandsverfügung zu ihm aufheben. Mein Anwalt war dagegen. Es passierte nichts von meiner Seite. Keine Strafanträge, kein Wehren. Was war los mit mir?

Ich zahlte sogar seine Anwaltskosten in Höhe von 359 Euro. Die Gerichtsverhandlung 70 Euro. Anwälte, die ich zusätzlich zu Rate zog. Professoren von Universitäten, die ich zu Rate zog. Psychologen, die ich kontaktierte, alles aus eigener Tasche. Um sein Handeln zu erklären, um mich über das weitere Vorgehen zu beraten. Ich mache es mir nicht leicht. Ich nehme ihn ernst, handle verantwortungsbewusst, will behutsam weiter vorgehen. Andere würden losschlagen, da bin ich mir sicher.

Kapitel VII

1
Rekapitulation

Immer noch steht die Entscheidung an, ob ich die Strafanträge stelle, oder nicht.

Mittlerweile ist fast ein halbes Jahr ins Land gegangen, seitdem die Polizei vor der Tür stand. Der Anwalt wartet, will wissen, was er nun tun soll.

Ich mache mir die Entscheidung nicht leicht. Ich nehme keine Entscheidung leicht. Das könnte ebenfalls ein Thema sein! Während er einfach nur einen kurzen Flirt machen wollte, oder auch einmal etwas mehr wollte, habe ich alles verbindlich gesehen, dachte, er meine es Ernst, eine Entscheidung für eine gemeinsame Zukunft. Dass es dies nicht ist, musste ich sodann erspüren. Erklärungen gab es nicht.

Durch die E-Mail vom 26.08. wusste er, dass ich ihm zugetan bin. Dies hat er vielleicht zum ersten Mal in seinem Leben nutzen wollen und ich bin nicht auf ihn eingegangen.

Anschließend ist es ihm bewusst geworden, was er da leichtfertig getan hat, mir Hoffnungen zu machen, ich würde alles hinschmeißen und zu ihm kommen wollen. So war dieser Blick aber doch gar nicht gedacht! Sicher hat er sich nicht im Entferntesten vorstellen können, welch eine Wirkung solch ein Blick haben kann. Ich habe ihn und sein Verhalten sehr ernst genommen. Ich habe diesen Blick als Zusage gesehen, dass auch er bereit ist, alles zu verlassen und wir zusammen sein können. Ich hatte doch meine Einstellung ihm gegenüber ausgedrückt. Da konnte er doch unmöglich anfangen, zu spielen! Insbesondere, wenn er solche Bedingungen hat, wie seine Krankheit ihm stellt.

Während seines Urlaubs könnte ihm bewusst geworden sein, was er getan hat und, dass er sich so nicht weiter verhalten darf. Doch, das hätte er mir erklären müssen. Gleich!

Fairer Weise hätte er reden müssen und sich nicht wortlos zurückziehen, um der Leitung des Hauses vorzumachen, dass er ja gar nichts getan habe und er von mir nichts wolle und ich mir alles nur einbilde. Dann hätte er die E-Mails bei den Unterlagen nicht weggelassen, die den Flirt beschreiben. Er hat diese Unterlagen weggelassen, weil er genau weiß, was er getan hat. Er musste daraufhin der Anwältin die Unwahrheit sagen, der Polizei die Unwahrheit sagen und dem Gericht und natürlich seiner Frau, seinen Kindern, den Nachbarn, den Freunden. Bis er selbst diese Version glaubt.

Selbst ich sollte seine Version glauben, die er in der Begründung vom 06.01. angab. Nur, weil es für ihn so einfacher ist, mit der Angelegenheit umzugehen. Ich musste „einfach" nur gestoppt werden und wie er die Sache seiner Familie und anderen gegenüber behauptet, das lag in seiner Hand.

Ich sehe nur eine einzige Möglichkeit, dass meine Version der Geschichte ehrlich und unverfälscht zutage tritt: Mit diesem Buch.

Um meiner leidenden Seele etwas Hoffnung zu geben, die Fakten zu klären, die Begebenheiten zu werten und erneut in einem Zusammenhang zu sehen, eine gewisse Selbstwirksamkeit wieder zu erlangen, musste ich alles aufschreiben. Ich klärte natürlich rechtlich ab, was ich in diesem Buch schreiben darf und was nicht. Was nun erneut gegen meine Auflagen verstoßen könnte und was nicht.
Mit diesem Buch habe ich in der Hand, welche

Begebenheit auf welche Weise dargestellt wird.
Das wäre mir mit den Strafverfahren sicher nicht möglich.

2
Was machen die Strafanzeigen mit mir?

Wenn die Staatsanwaltschaft die Strafanzeigen überhaupt als zur Verfolgung würdig ansehen, insbesondere im Falle des § 42 BDSG, ist es, so ein Professor in einer (Elite-)-Universität, fraglich, ob ich meine volle Rehabilitation auf diesem Wege erhalte.

Es müssten die genauen Zeitpunkte meiner E-Mails feststehen, nach denen bei der Leitung des Hauses gesucht werden. Das wäre für mich kein Problem.

Ich mache mir ein Gewissen daraus, überhaupt Strafanträge zu stellen. Immer noch!
Ich stellte mir vor, wer die E-Mails als weitere Person noch zu lesen bekommt. Es nähme kein Ende mehr!

Ob ich das wollte, dass Menschen nun von meinem Innenleben auf diese Weise und in seiner Version, Bescheid wussten, so, wie ER die E-Mails verändert und weitergeleitet hatte? Er hätte bei weiteren Menschen die Möglichkeit, deren Meinung zu bilden. Vielleicht würde ich mir mit den Strafanzeigen erneut schaden. Neue Kosten, neue Rechtfertigungen und von seiner Seite weitere Lügen.

Mit der Weiterleitung der E-Mails mit seinen Kommentaren und seiner Darstellung bin ich genau dort gelandet, wo mich die Leitung des Hauses hingestellt hat. Dort sollen sich nicht noch weitere Menschen sammeln.

Ich musste die „Flussrichtung" ändern. Ich wollte Einfluss nehmen. Ich wollte, dass meine Sichtweise zutage tritt. Auf jeden Fall sollte verhindert werden, dass die Personen, die mich befragen in den Verfahren bereits vorher von ihm, seiner Sichtweise und seiner Meinung über mich Kenntnis haben und mich verurteilen.
Er würde auf ein Mediationsgespräch natürlich nicht eingehen. Er hat kein Interesse daran, irgendetwas zu sagen.
Ich würde weitere Demütigungen erfahren, weiter in das bereits ausgehobene Loch gestampft werden.

3
Er soll zu Worte kommen
(Ich muss beide Seiten sehen)

„Niemals im Leben", so könnte er sagen, „wäre ich auf die Idee gekommen, dass ein Verhalten in einem unbedachten Moment, solch eine Wirkung haben könnte!

Ja, ich war verleitet worden, am 08.09. einfach zu spielen. Aber, wer hätte gedacht, dass ich anschließend auf diese Weise analysiert werde? In E-Mails wird nicht nur mein Verhalten haarklein rekapituliert, analysiert, bewertet, nein, schlimmer: Meine Bewegungen, alles was ich von mir gab, zeigte, wurde durchleuchtet.

Nicht nur bis auf die Haut entkleidet fühlte ich mich, nein, das Fleisch abgefressen und die Knochen durchleuchtet! So genau wollte ich nicht, dass die Menschen mich sehen, mich analysieren und es mir dann sagen. Ich wollte diese Analysen meines Wirkens nicht. Und ich wollte von mir nie eine so detaillierte Auskunft zu meinem Fremdbild erhalten!

Ich hätte nicht gedacht, dass ich mich einmal so meiner Integrität wehren muss. Dass gut gemeinte

Worte, vielleicht eine flüchtige Hingezogenheit, ich weiß nicht, ob es mehr war, ich hatte keine Zeit darüber nachzudenken. Schließlich steht mein Ergebnis fest, da ich krank bin. Aber, dass mich eine kurze Situation mit einer anderen Person, mich so fertig machen können, dass ich zur Polizei gehen muss und mich wehren muss!

Sie war zu einem Risikofaktor geworden. Ja, ich wollte etwas am 08.09. von ihr. Aber eben nur ein einziges Mal. Sie wollte eine dauerhafte Beziehung. Das konnte ich ihr aufgrund meiner Krankheit nicht geben. Ich wollte es ihr nicht sagen.
Ich wollte es auch nicht, dass es im Haus die Runde macht, insbesondere fürchtete ich die Häme der Kollegen, die ich fachlich abschätzig behandelt habe. Davon gibt es einige. Sie würden mich mit den naheliegenden Bezeichnungen aufgrund dieser Erkrankung, vielleicht aus dem Fenster schreiend, begrüßen! Das musste ich verhindern!

Ich hatte die E-Mail von ihr vom 26.08. Ich wusste also eine Woche später, dass sie mir zugetan ist. Ich wollte probieren, wie weit ich gehen kann. Ja, ich habe mit Flirtrhetorik gespielt und habe probiert, was ich erreichen kann. Ich kann ja auch nicht weit gehen.

Außerdem musste ich 4 Wochen später eh in den Ruhestand treten. Also dachte ich mir, es besteht für mich kein Risiko. Weshalb nicht einfach einmal nachgeben?

Und nun geschah das Unerwartete: Sie wollte nicht mit mir ins Hotel gehen.
Wie sollte ich mich nun verhalten? Warum macht sie mich an, wenn sie gar nichts will? Wie stehe ich nun da? Hat sie mich an der Nase herumgeführt? War das Ganze nur ein Trick? Was wird sie der Leitung des Hauses erzählen? Wird sie mich anzeigen, wegen sexueller Nötigung? Meist kommt so etwas vom Mann. Ich musste vorgreifen! Ich musste es so darstellen, als ob sie einfach nicht von mir loskommt. Ich musste so tun, als ob ich nichts von ihr wollte. Ich wollte auch dauerhaft nichts von ihr. Es war zugegebenermaßen das falsche Signal. Aber, was sollte ich mit meiner Krankheit sonst tun? Ich war ihr Vorgesetzter. So ein Mist!

Während sie mich für sich haben will, aus der Familie ziehen, mich aus der Ehe herausnehmen und die Zukunft mit mir gestalten will, kann ich ihr nicht das geben, was sie möchte. Ich bin schwer krank! Ich habe nicht die Möglichkeit, zu wählen.

Ich musste eine Entscheidung treffen. Ja, sie war bewusst. Ich entschied in meinem letzten Urlaub, 14.-28.09., dass ich mich vor ihr zurückziehe. Ich dachte, sie versteht den Rückzug und versteht, dass hier nichts laufen wird. Wieso sollte ich noch unangenehme weitere Ausführungen machen. Ich will nicht so viel von mir Preis geben. Das geht sie eigentlich nichts an.

Außerdem soll sie mich so in Erinnerung behalten, wie sie mich erlebt hat. Halbwegs gesund. Sie soll nicht sehen, wie ihr Star, ihr Vorgesetzter abbaut. Das würde mir und ihr weh tun. Ich wollte der Star für sie bleiben. Ich wollte mich lediglich zurückziehen.

Aber die Entscheidung kam zu spät! Ich hätte wissen müssen, dass sie alles versuchen wird, mich für sich zu gewinnen. Ich hätte es zu dem Blick vom 08.09. gar nicht erst kommen lassen sollen. Das wusste ich nicht, welche gewaltigen Folgen dies haben würde. Wer nimmt einen einfachen begehrenden Blick auch so ernst! Wer hat mich in der Vergangenheit mit jedem Wort, jeder Bewegung, jeder Mimik so ernst genommen? Niemand. Nicht einmal meine Frau! Sie weiß bis heute nicht, sogar nach 15 Jahren der Diagnose, dass ich Parkinson habe. Immer sage ich ihr, wie auch den Kindern, die Arbeit habe meine Nerven zerstört, deshalb das Händezittern. Sie kommen nicht auf die Idee, dass es Parkinson ist.

Ich will nicht, dass ich mit dieser Krankheit identifiziert werde. Ich will ein normales Leben haben, wie alle anderen auch, solange es irgendwie geht. Wenn es nicht mehr anders geht, dann werde ich es schon sagen oder andere Konsequenzen ziehen. Das ist meine Sache.

Ich habe mich lediglich vor ihr zurückgezogen. Heute, 6 Monate nach der Strafanzeige muss ich sagen, dass ich es ihr hätte erklären sollen. Nur, wer denkt denn, dass sie so sehr an mir hängt! Ich hätte irgendwann anrufen sollen und es ihr erklären. Die Leitung des Hauses und ich befürchteten allerdings, dass es einen Kreislauf geben wird, sobald ich mich melde, dass sie genau das haben will. Sie hatte Stalking-Tendenzen und ich war von der Masse der E-Mails erschlagen.

Ich wusste nicht, wie ich sie hätte stoppen sollen. Bis plötzlich die E-Mail kam, am Sonntag nach Weihnachten, dass sie mich am nächsten Tag sehen will. Und zwar würde sie direkt vor dem Haus warten.

Ich hätte nie gedacht, dass sie so weit gehen würde.

Ich hatte mich doch nicht geäußert, war still geblieben. Warum hat sie nicht gemerkt, dass ich nichts von ihr will? Das muss man doch merken, wenn der andere sich überhaupt nicht meldet. Gut, ich habe mich nach dem Flirt einfach nicht gemeldet und das hat sie in ihren E-Mails auch gefordert, dass ich mich äußere. Aber ich wollte mich nicht äußern. Es ist meine Sache, wem ich erzähle, dass ich Parkinson habe. Sie würde es bei der Arbeit erzählen, das wollte ich verhindern. Und warum soll ich mit einer mir fremden Person über meine Krankheit reden. Ich wollte nicht!

Was hat der Blick mit meiner Krankheit zu tun? Jeden Tag kamen neue Erkenntnisse von ihrer Seite. Man muss sich vorstellen, am 07.12. erkannte sie durch haarklein beschriebene Analyse meiner Bewegungen beim Abschied, dass ich Parkinson habe. Ich war entsetzt! Sie wollte mit mir bei einem Spaziergang darüber reden! Ich will nicht darüber reden! Was hat sie mit meiner Krankheit zu tun?

Der Brief, den sie am 07.12. per E-Mail angekündigt hatte, kam nicht bei mir an. Er kam Wochen später an, durch Mund zu Mund – Erzählungen. Ich wohne in einem kleinen Ort, da spricht sich alles ruck zuck herum.

Was sollte ich meiner Frau und all den Nachbarn sagen, warum eine ehemalige Kollegin mit mir spazieren gehen will? Ich weiß es, warum sie es will: Sie wollte mir sagen, dass ihr meine Krankheit nichts ausmacht und sie bereit ist, mich zu pflegen. Ich wollte aber nicht, dass sie meine Krankheit anspricht und auch nicht, dass sie mich pflegt. Ich wollte damals nur kurz mit ihr ins Hotel gehen. Vielleicht wäre es gar nicht so weit gekommen. Es war nur ein kurzer Impuls. Herrgott, sie soll es doch einfach vergessen!

Schon hatte ich mich gegenüber den Nachbarn zu positionieren! Was ging die das an! Ab dem 8.12. als der Brief mit der Einladung zum Spaziergang kam. Ich sagte meiner Frau, meinen Kindern, den Nachbarn, eben allen, die mich gefragt haben, dass ich es mir nicht erklären könne, warum sie von mir nicht loskommt.

Was hätte ich denn sagen sollen? Ich wollte meine Krankheit und den Flirt nicht outen. So habe ich es auch der Leitung des Hauses weitergegeben. Ich log. Ja bewusst!
Sie ließ nicht locker!

Ich war im Ruhestand! Das hier war alles andere, als Ruhestand. Sie war beherrschendes Thema, zu Hause, in der Nachbarschaft, bei der Leitung des Hauses. Wir hatten mehr Kontakt, als zu meiner aktiven Zeit! Das muss man sich vorstellen. Ich war völlig lahmgelegt, von ihren Erkenntnissen, die allesamt mich betreffen, von ihren Analysen, von ihren Mitteilungen und besonders den Schlüssen, die sie eigenwillig zog. Mir wurde etwas angedichtet, wogegen ich mich nicht mehr wehren konnte. Sie zog eindeutig die falschen Schlüsse. Aber, wenn ich sie anrufen würde, könnte sie mich erneut manipulieren. Davor musste ich mich schützen. Ich fühlte mich auch am 08.09. manipuliert. Ich war nicht Herr meiner Gefühle. So war es. Ich war manipuliert, nicht bei klarem Verstand. Ja, ich hätte es ihr sagen müssen, befürchtete aber, sie würde mich erneut manipulieren, dass ich etwas zugebe, tue, was ich später bereue.

Sie kann vorzüglich manipulieren!

Soll ich diese Situation meiner Frau erklären? Wie denn? Sie würde mich fragen, ob ich mich nicht durchsetzen könnte, gegen sie. Vielleicht kann ich es nicht. Sie bringt mich in Situationen, da kann ich mich nicht richtig wehren. Mein Körper entgleitet mir.

Meine Frau fragt mich, warum eine ehemalige

Kollegin nicht loskommt von mir. Was ich getan hätte, dass sie immer noch zu warten schien. Ob ich mich unklar verhalten hätte. Ja, habe ich und ich kann es nicht zugeben.

Zweifel an meinem Verhalten kamen bei meiner Frau auf. Ich musste dementieren. Was hätte ich sagen sollen? Keiner weiß von meiner Krankheit und keiner sollte von meiner einmaligen Schwäche erfahren, mit diesem Blick. Herrgott! Wie ich diesen Blick bereue! Ich will nicht darüber nachdenken, ob der Blick ein Ergebnis ist, weil ich sie liebe. Ich liebe sie nicht. Basta! Ja, sie hat mich im Herzen berührt, ja sie ist begehrenswert, ja ich fand sie toll. Ich will sie nicht lieben, ich darf sie nicht lieben.

Ja, ich hätte es ihr sagen sollen. In meinem Büro hätte ich ihr sagen sollen: „Mädchen, ich finde wir haben toll miteinander gearbeitet, aber sieh her, ich bin sehr krank."

Nein. Ich hätte es nicht sagen können!

Sie hat mich vergöttert! Sie hat mich so verliebt und verklärt angesehen. Ich wollte das Bild nicht zerstören. Ich hätte ihr weh tun müssen. Ich hätte ihr gesagt, welche Krankheit ich habe und sie hätte darauf bestanden, dass sie bei mir bleiben möchte, um auf mich aufzupassen. Vermutlich hätte sie sich moralisch, christlich dazu verpflichtet gefühlt. Weil sie mich liebt, wird Gott ihr den Auftrag gegeben haben, mich zu pflegen. Wetten, dass sie das so formuliert hätte?

Wie hätte ich ihr klar machen können, dass ich das nicht will. Sie hätte gefragt, warum ich das nicht will. Und davor hatte ich am meisten Angst. Warum?
Weil ich nicht der bin, der ich ihr vormache, zu sein. Darum.

In meinen Überlegungen gab es keinen Neubeginn. Es gab nur Ende.
Ende der Arbeitszeit, Ende der guten Anerkennung, Ende der Zeit als Chef, als Vordenker, Ende des normalen Anscheins.
Ich musste mich auf meine Krankheit und mein Ende einstellen. Es war kein Raum für Neubeginn. Ich konnte ihr nur das Ende meiner bisherigen Existenz bieten. Meinen persönlichen, unaufhaltsamen Zerfall. Das konnte ich ihr nicht sagen. Ich wollte sie nicht enttäuschen.

Es gefiel mir, wie sie mich verehrte, mich begeistert

ansah, mit mir flirtete. Ich wollte nicht, dass dies endet. Ich wollte es nicht aktiv beenden. Ich hoffte bis zuletzt, dass sie es einsieht, dass von meiner Seite nichts mehr kommt. Ich hoffte, sie würde wortlos verstehen. Sie aber wollte unbedingt hören und am 27.12. ließ sie mir keine Wahl mehr! Sie zwang mich zu einem Spaziergang.

Ich wollte nicht mit ihr sprechen, jetzt, wo sie mich voll und ganz erkannt hat, wie ich nie erkannt werden wollte, sowieso nicht! Ich will nicht über mein Herz sprechen, das kann ich mir nicht leisten.
Ich wollte noch ein paar Jahre ein normales Leben haben, wollte nicht über die Krankheit nachdenken, weil es mich ängstigt. Wer weiß, was die Krankheit mit mir macht. Ich habe Bilder von Gesichtern gesehen. Ich machte mich wegen des Äußeren von anderen Leuten lustig. Wer weiß, wie ich dann in einigen Jahren aussehe. Das sollte sie nicht sehen. Nicht sie!

Sie sollte mich so in Erinnerung behalten, wie ich war, als ich gesund aussah. Schon die Fahrt zu meiner Abschiedsfeier im Oktober war ein Himmelfahrtskommando! Der Kuchen im Auto, der Aufsteller mit den Schokoladen und mein Tremor dazu! Die Schmerzen am Rücken waren unerträglich!

Beim Abschied habe ich sie angesehen, ich weiß. Sie sollte schöne Fotos haben, von mir. Sie sollte sich freuen. Sie freut sich so schön über mich. Ich machte ihr diese Freude. Sie hat mich berührt am Oberarm. Ich bemerkte, wie sehr sie mich liebt. Ich blinzelte sie noch einmal an. Mehr darf ich nicht.

Sie hatte sich mit dem Abschied so viel Mühe gegeben. Wieso tut sie das? Ich hatte sie nicht dazu gebeten. Ich habe mich zurückgezogen, aber sie berücksichtigt einfach nicht, was ich will.
Ja, ich habe ihr auch meine private E-Mail-Adresse gegeben. Ich weiß! Auch das ist vorwerfbar, erneut ein falsches Signal! Ich dachte ja nicht, dass ich damit eine Tür dieser Art öffne.

Wie gesagt: Es kam eine Analyse meiner Person. Noch niemand hat mir in meinem 64 Jahre andauernden Leben so exakt genau beschrieben, wer ich bin. Und das Entsetzliche ist daran: Es stimmt!

Ich konnte kaum verarbeiten, dass sie am 07.12. meine Krankheit herausgefunden hatte und mit mir spazieren gehen wollte. Am 11.12. kam eine weitere E-Mail.

Am 11.12. erklärte sie per E-Mail, wie sie die Adresse

herausgefunden hatte. Aufgrund des Fahrzeuges meines Sohnes. Wie hat sie das getan? Es war unsere Adresse, bevor wir umgezogen waren. Wie hatte sie die herausbekommen? Ich weiß es nicht! Hat sie Datenspionage betrieben? Ich fühlte mich auch hier durchleuchtet, bedroht. Auf was alles kommt sie noch?

Der große Hammer kam aber mit der E-Mail vom 16.12. Sie dachte, dass ich aus Liebe zu ihr auf sie verzichte, wegen dieser Krankheit, die für sie bedeutet, dass sie mich pflegen müsse.

Es stand nie zur Debatte, dass sie mich pflegen soll. Was bildet sie sich ein? Aus dem Blick kann man doch nicht schließen, dass ich sie für die Zukunft haben will. Ich wusste nicht, wie sie auf diesen Schluss kam. Aber es stimmt. Wer mich in die Zukunft begleitet, muss bereit sein, mich zu pflegen. Vielleicht habe ich unbewusst Angst, meine Frau verlässt mich, wenn sie erfährt, dass ich vielleicht ein Pflegefall werde und sie Jahre lang neben mir und an meinem Bett verbringen wird. Unvorstellbar! Für mich! Ich müsste in ein Pflegeheim gehen, wie dieses in der Nähe meiner ehemaligen Arbeitsstelle. Ich wäre ein Pflegefall, einsam.

Sie hatte sich über mich und meine Krankheit offenbar

schon mehr Gedanken gemacht und was dies für mich und meine Familie bedeutete, als ich.

Weshalb ließ sie mich nicht einfach in Ruhe? Ich will diese Gedanken nicht! Ich will einen Ruhestand haben! Ich möchte noch ein paar gute Jahre der Selbstbestimmtheit haben. Der Preis ist, dass ich von meinen Schmerzen nicht berichten darf, sonst kommt die Familie drauf.

Irgendwann werde ich von meinem Pflegepersonal, wie sie es abfällig benennt, abhängig sein. Ich fühle mich gedemütigt von ihr. Sie reduziert mich auf meine Krankheit, führt mir vor Augen, was auf mich wartet, sogar den ebenerdigen Zugang zum Haus von der Gartenseite aus, spricht sie an. Es ist einfach entsetzlich, wie sie über meine Zukunft redet. Ich will nichts davon hören!

Kaum hatte ich den Schreck der E-Mail vom 16.12. verdaut, schon kam die E-Mail vom 20.12. in welcher sie mich und mein Verhalten, welches ich bereue, vom 08.09. dargestellt. Sie stellte es in einem Erzählstil dar, indem sich eine Figur mit mir unterhält. Sie beschrieb mich als Womanizer, der die Rundungen der Frauen liebte. Sie ließ nichts aus!

Sie schilderte, dass ich sie begehrlich ansah und dass sie mich stehen ließ, obwohl die Hotels offen waren. Sie beschrieb, dass ich mich plötzlich nicht mehr auskannte, weil das Ergebnis der Flirts vorher in meinem Leben, völlig anders aussah. Sie stellte mich dar, als wäre ich dauernd fremd gegangen. Ja, ich kann verdammt gut flirten. Und wie oft ich mein Ziel erreichte, geht niemanden etwas an.

Musste ich darauf eingehen? Diese E-Mail in den Händen meiner Frau, der Leitung des Hauses und meinen Kindern, meiner Anwältin, der Richterin und der Polizei, und ich wäre gefragt worden, was ich denn tatsächlich gewollt habe am 08.09. Ich ließ sie weg.

Natürlich kann man den Schluss ziehen, dass ich enttäuscht war, am 08.09. von ihrer Reaktion. Ich hoffe, dass ich mich nicht irgendwann einmal rechtfertigen muss, insbesondre, dass Leute mich nach meinen Erwartungen an diesem Tag fragen und ich reduziert werde auf mein Begehren. Dahin ist mein Ruf! Das wollte ich verhindern! 40 Jahre aufopfern für die Arbeit und am Schluss, bereits im Ruhestand wird man auf einen Versuch und einen begehrenden Blick reduziert, den man bereut.

Aber ich hatte nicht viel Zeit, zum Verarbeiten. Die E-Mail vom 23.12. kündigte Weihnachtspost an. Diese fiel meiner Frau in die Hände. Wieder musste ich mich rechtfertigen für sie. Warum wollte sie nun noch einmal einen Spaziergang? Ich hätte nicht konsequent genug durchgegriffen, meinte meine Frau. Irgendwie war meine Glaubwürdigkeit auch vor den Kindern auf einem gefährlich niedrigen Stand angekommen.

Die E-Mail vom 27.12. hat mir dann die Möglichkeit gegeben, sie anzuzeigen. Endlich hatte ich ein patentes Mittel, sie loszuwerden und ihre impertinente Art, mich zu analysieren und unaufgefordert zu durchleuchten, zu belästigen, mich an die Vergangenheit und diese Krankheit zu erinnern.
Ich will nicht durchleuchtet werden. Ich war mein Leben lang bei keiner Therapie und ich will das alles nicht hören! Und jetzt will sie tags darauf vor meiner Haustüre über mich sprechen!

Sie wusste auch, dass ich krankheitsbedingt eine Trainingsrunde mache! Steht sie täglich an der Ecke und spioniert mir nach oder was läuft hier eigentlich? Ist das nicht Stalking! Jetzt habe ich sie. Jetzt werde ich dieser Sache ein Ende bereiten. Ich werde sie nun stoppen und dem Spuk ein für alle Mal ein Ende setzen!

Ich hole die Polizei!
Schluss jetzt!

Ich habe genug von ihren ungebetenen Analysen, von denen mir schlecht wird, weil sie mich demütigen und bloßstellen! Ich will nicht mehr. Ich werde ihr jetzt das Maul stopfen, ihr freches, ausplauderndes Maul!
Die Begründung werde ich passend formulieren. Ich werde schon etwas so hinschreiben, wogegen sie sich nicht wehren kann. Ich werde den Ablauf verändern und sie wird sich nicht wehren können. Ich bereite ihr die Hölle, auch bei der Arbeit.
Über das klärende Gespräch gibt es kein Protokoll. Auch nachträglich will die Kollegin, die dabei war, kein Protokoll mehr schreiben. Was will sie dann sagen, wenn es kein Protokoll gibt?

Jetzt habe ich sie! Ich werde sie platt machen, mit ihrer frechen Analyse. Das Gericht wird mir folgen und sie wird wegen Stalking bestraft! Ich habe ihr schließlich gesagt, dass ich nichts von ihr will. Man kann mich nicht zwingen, dass ich es mehrfach sage.
Ja, es ist gelogen, dieses Gespräch hat nicht im Oktober stattgefunden. Das kann sie mangels Protokolls aber nicht beweisen. Also ist sie Schach matt. Endlich Klappe halten. Ich will von mir, meinem Verhalten

ihr gegenüber und meiner Zukunft mit der Krankheit nichts mehr hören und sie soll es auch nicht meiner Familie sagen, sonst habe ich gar keine Ruhe in meinem Ruhestand!

Was analysiert sie mich auch am laufenden Meter? Versteht sie nicht, dass das indiskret ist? Ungebeten. Ich will es nicht wissen! Ich will von meiner Zukunft gar nichts wissen und das ist meine Sache, ob ich etwas von meiner Zukunft wissen will. Sie hat mir gar nichts zu sagen, von mir nicht, von der Krankheit nicht, von meiner Zukunft nicht.
Jetzt ist sie ruhig. Endlich!"

4
Ein möglicher Dialog

Aber die Zukunft kommt sowieso! Du kannst Dich ihr nicht verschließen. Warum strafst Du mich, wenn ich von Deinem Verhalten, von Deiner Krankheit und Deiner Zukunft rede?

Du identifizierst mich mit Deiner Krankheit. Ich stelle Dir vor Augen, was auf Dich zukommen könnte.
Warum sagst Du mir nicht, dass ich damit aufhören soll? Warum sprichst Du nicht mit mir? Woher soll ich

wissen, dass Dich meine Darstellung Deiner Krankheit demütigt? Woher soll ich wissen, wie Du fühlst, dass Du mich verurteilst, dass es Dir zu viel ist, dass ich Dich quäle, dass Du Dich unwillentlich durchleuchtet fühlst, wenn Du kein Wort mit mir sprichst?

Warum lässt Du das alles zu? Warum blockierst Du nicht meine E-Mails? Warum schreibst Du nicht: STOPP!

Und wenn ich Dich zu sehr unter Druck setze, dann holst Du die Polizei. Hast Du Dir tatsächlich nicht mehr anders zu helfen gewusst? Nach 40 Jahren Arbeitsleben und 20 Jahren als Chef, wusstest Du nichts Besseres, als die Polizei zu holen?

Es kam kein einziges Wort von Dir! Du hast versucht, mich zur strafrechtlich verfolgten „Stalkerin" zu machen! Aber es gab keine Äußerung von Unwillen von Dir, keine Antworten, keine Orientierungshilfe, kein Stopp, obwohl ich Dich mehrfach dazu aufgefordert habe!

Wenn man die Polizei holt, hat man doch schon alle anderen Mittel ausgeschöpft. Was hast Du ausgeschöpft? Gar nichts! Du hast mich einfach hängen lassen und dachtest, das wird schon reichen!

Nun habe ich die Folgen Deines bereuten Blicks zu tragen, die Folgen Deiner stummen Verteidigung, Deines Versagens zu ertragen, die Folgen Deiner Äußerung gegenüber der Leitung des Hauses und deren Vertretung zu ertragen, den zerstörten Ruf zu ertragen. Ich muss die Folgen Deiner Unfähigkeit tragen, Deiner Betroffenheit, Deiner Hilflosigkeit. Warum? Soll ich das aus Liebe tun, verlangst Du Liebe, die ich Dir nicht zeigen soll? Soll ich alles mit mir selbst ausmachen, weil Du keine Verantwortung für Dein Tun übernehmen willst? Bei jeder E-Mail hast Du neu entschieden, dass Du sie weiterleitest, dass Du Deine Lüge bestätigst und hast bewusst nicht bei mir reagiert. Bei jeder einzelnen E-Mail war Dir klar, warum sie kommt. Du hast nichts gesagt. Absichtlich hast Du mich ins Messer laufen lassen. Es war abzusehen, dass ich nicht lockerlassen würde.

Du hast alle angelogen! Ich soll nun Deine Darstellung der Wahrheit verantworten, weil Du es nicht anders kannst! Ich soll nun Rücksicht auf Dich nehmen, damit Du in Ruhe Deiner Familie weiterhin die Krankheit verschweigen kannst und allen anderen nicht erzählen musst, wie Du Dir die Welt zusammenlügst und für Dein stetiges unrechtes Verhalten keine Verantwortung übernehmen willst, mich mit meinen Gefühlen verführst und auch dafür die Verantwortung ablehnst.

Du hast mich angezeigt. Ich musste mich nun vor der Staatsanwaltschaft verteidigen. Ich bin nun polizeibekannt! Was suchen meine E-Mails bei der Polizei, bei der Anwältin, bei der Staatsanwaltschaft, bei der Richterin, bei der Leitung des Hauses und deren Vertretung, bei meinem Anwalt und bei wer weiß noch wem? Was machen die dort?
Was geht eine mir wildfremde Frau, die Richterin ist und „mit Interesse" meine E-Mails gelesen hat, wie sie am 16.04. bei Gericht sagte, meine Gefühle zu Dir an? Ich weiß, dass manche E-Mail für die Richterin sehr interessant gewesen sein kann. Für alle Frauen sind die E-Mails interessant. Sie sind auch sehr ansprechend geschrieben. Zum Glück, sonst müsste ich mich schämen!

Und so saß ich mit meinen Dir gegenüber geäußerten, vertraulichen, lieben Gefühlsäußerungen vor einer Kollegin und vor der Leitung des Hauses und der Richterin und bei der Polizei und bei meinem und Deiner Anwältin und alle wussten in aller Ehrlichkeit und

Deutlichkeit von meinen Gefühlen zu Dir Bescheid. Von Deinen Gefühlen soll keiner etwas wissen. Wieso?

Und ich soll Dich verschonen! Was verlangst Du eigentlich von mir? Warum sollte ich das tun? Schämst Du Dich nicht, mich so zu verletzen, so zu beschämen, so bloßzustellen mit den Gefühlen Dir gegenüber? Mich als Straftäterin darstellen, alles, was ich an Zartheit Dir gegenüber habe, verraten und verkaufen an alle Welt! Wie gemein und unglaublich enttäuschend! Bist Du es wirklich? Mein Chef?

Willst Du dieser Welt auf diese Weise in Erinnerung bleiben? Ist das ein würdiger Abgang eines edlen Vorgesetzten? Ist das erhaben, bedacht, kultiviert und bringt Dir dieses Verhalten Respekt ein? Willst Du so erkannt werden?

Wäre es nicht Deiner Position und Deinem Alter angemessen, wenn Du würdig zu Deiner Krankheit stehen würdest, mich in einer gewählten Art und Weise gebeten hättest, Einsicht zu üben und mir klar gemacht hättest, dass mein Verhalten Dich in Gefahr bringen könnte?

Ich hätte erneut den Hut vor Dir gezogen, hätte voller

Respekt und Liebe mich zurückgezogen und hätte bei allen Leuten in höchsten Tönen von Dir gesprochen. Ehre und Respekt hätte ich Dir gegenüber gezeigt, hätte mich vor Deiner Erhabenheit verneigt und hätte Dich so in Erinnerung behalten. Das wäre ein Abgang gewesen, der Dir entsprochen hätte. Zumindest dem Bild, welches Du früher mir gegenüber abgegeben hattest.

Zur Polizei gehen, das machen auch Leute, die keine Kinderstube hatten, die keine Erziehung genossen und keinen Anstand haben, die unbedacht sind und der Wirkung eigenen Handelns keinerlei Wert beimessen. Aber doch nicht Du?!

Welches Verhalten machst Du Deinen Kindern vor? Dass man bei unangenehmen Leuten die Polizei holt? Ach ja, sie wissen ja nicht, dass Du die Unwahrheit bei der Begründung gesagt hast. Wie kannst Du Dich im Spiegel morgens ansehen? Wie rechtfertigst Du Dein Verhalten Dir selbst gegenüber? Wie kannst Du mit Dir selbst leben?

Wie wirst Du in Zukunft lügen? Wie sehr wirst Du bei Deiner Frau noch lügen? Weiß sie, dass sie einen Lügner geheiratet hat, der in erster Linie sie anlügt.

Weißt Du noch bei dem Essen in der Pizzeria am 06.12. im vorigen Jahr, da waren alle Kollegen unseres Bereiches gesessen. Man hat Dich gefragt, was Du denn in Deinem Ruhestand tun wirst und Du hast geantwortet: Mich auf Partnerbörsen anmelden und mir eine neue Partnerin suchen. Wenn diese Dinge Deine Frau erfährt, ist sie nicht gewillt, Dich zu pflegen!

Kolleginnen in Deinem Umfeld berichten, dass Du eben auf die Rundungen der Frauen stehst, dies in Verbindung mit der Geübtheit Deines Flirtverhaltens lässt darauf schließen, dass Du häufiger bei anderen Frauen bist. Du betrügst Deine Frau, wie ich es in meiner E-Mail vom 20.12. gesagt habe, die E-Mail die Du sorgfältig ausgespart hast. Du warst häufig im Ausland, niemand hat es zu Hause mitbekommen. Es war immer einfach für Dich. Frauen haben sich scheiden lassen, Du sagtest ihnen, Du liebst Deine Kinder, dann konntest Du getrost zur nächsten gehen, der Du wieder etwas anderes oder eben das Gleiche gesagt hast. Viele Frauen, ein Womanizer eben. Mir sagtest Du, Du hättest ein festes Umfeld, meintest eines, von dem Du Pflege erwarten kannst. Wie ein Hund muss Deine Frau in Zukunft in Deiner Nähe bleiben, sie wird kein eigenes Leben mehr haben. Sie muss Dich ertragen! Ein Frauenheld! Das darf sie nicht erfahren.

Dafür muss ich mundtot gemacht werden. Schon seit der E-Mail vom 26.08.

Ich komme aus der Nummer mit Dir heraus, sie aber nicht. Und sie soll bereit sein, Dich zu pflegen! Hast Du keine Angst, dass ich Dich verrate?

Hättest Du der Familie alles ehrlich zugegeben, wäre alles in Würde verlaufen. Du allerdings pflegst zu lügen.

Ich habe niemandem etwas von Deiner Krankheit gesagt, ich habe Dich immer in Schutz genommen, dachte aus moralischen und ethischen Gründen, müsste ich das tun, Du warst mein Chef!
Meinst Du, da Du die Krankheit und damit alle Nachteile dieser Welt auf Deiner Seite hast, bist du gerechtfertigt zu diesem Tun? Rechtfertigt die Krankheit dieses Verhalten anderen gegenüber?

Fühlst Du Dich berechtigt, mich fertig zu machen, damit auch ich Nachteile in meinem Leben habe, denn ich kann ja gesund in die Zukunft blicken? Ist Dein Verhalten Rache, weil ich gesund bin und Du nicht? Wofür muss ich hier bezahlen? Für ein Anlächeln, für das Stehenlassen auf dem Flur vom 08.09., dafür, dass ich Dir gesagt habe, dass ich Dich liebe, für meine Erkenntnis Deiner Krankheit, dafür, dass ich es Dir gesagt habe, dafür, dass Du bei Deiner Familie etwas über mich sagen musstest?

Ist das alles gerechtfertigt, denn ich soll auch eine Last zu tragen haben?
Ich habe Dir nichts getan! Ich bin mir keiner Schuld bewusst.
Identifizierst Du mich mit Deiner Krankheit? Wehrst Du Dich gegen mich, stellvertretend für Deine Krankheit?

5
Ungerechtigkeit einer Krankheit

Genauso ungerecht, wie Du Deine Krankheit empfindest, soll ich die Ungerechtigkeit in diesem Stalking-Verfahren empfinden.
Kann das sein?
Das Ansprechen der Krankheit an sich ist nicht das Problem. Vielleicht ist Das Problem, dass Du diese Krankheit hast! Und ich das herausbekommen habe. Deshalb könntest Du Dich gedemütigt fühlen. Nicht von mir, sondern von der Krankheit! Niemand soll sehen, dass Du diese Krankheit hast. Nicht einmal Deine

Familie.

Aus dem Internet:

*Der **mittelalterliche** Umgang mit Krankheiten war geprägt von Glaube, Aberglaube und medizinischer Tradition. **Krankheit** wurde als **Strafe Gottes**, als Werk des Teufels empfunden, Heilung konnte allein von **Gott** kommen. Armut und **Krankheit** galten im **Mittelalter** als Gebrechen.*

Martina King im Gespräch mit Kirsten Dietrich, Deutschlandfunk[1]*:*

Aids wurde am Anfang als „Lustseuche" beschrieben, die Krankheit ganz eng mit gelebter Homosexualität verknüpft. Da macht eigentlich schon die Wortwahl klar, dass hier Krankheit und Schuld beziehungsweise Sünde verbunden werden.

Es steht mir nicht zu, hier wissenschaftliche Ausführungen zu machen. Allerdings bin ich von jemandem angegriffen worden, dessen Krankheit ich entdeckt habe. Es hat Dich geschmerzt, dass ich es entdeckt habe. Es hat Dich provoziert. Du wolltest mich

---

[1] https://www.deutschlandfunkkultur.de/krankheit-als-strafe-gottes-als-seuchen-noch-das-beten.1278.de.html?dram:article_id=498364

mundtot machen.
Du hast keine normale Reaktion gezeigt. Du hast mich bei der Polizei angezeigt. Das ist höchst aggressiv und für mich nicht erklärbar.
Alle Deutungen müssen durch mich erfolgen. Meine Seelenqualen muss ich durch die Erklärungen, die ich finde, bewältigen. Warum haben wir nicht normal reden können? Wie zivilisierte Menschen.
Jetzt fühle ich mich genau, wie Du, ungerecht vom Schicksal bzw. von Dir behandelt. Warum wirst Du mit der Krankheit gestraft? Ich soll auch gestraft werden.

Kapitel VIII

1
Die Geschichte, vom kleinen Lämmchen
(Versuch, der Angelegenheit die Schärfe zu nehmen)

Es war einmal ein kleines Lämmchen in einer Herde anderer Schafe in einer Koppel mit einem sicheren Gatter. Es fühlte sich wohl, war behütet und bedacht. Es gehörte zur Herde und der Hirte kannten das Lämmchen, es war lieb und artig und süß.

Vor dem Gatter tauchte ab und zu ein junges Lamm auf, etwas älter als das Lämmchen, es stammte von einer anderen Herde. Es war ein männliches, junges Lamm. Das junge Lamm stolzierte hin und her, produzierte sich und machte so manche elegante Kapriole.

Das kleine Lämmchen wurde aufmerksam auf das junge Lamm und beobachtete es. Das kleine Lämmchen schaute interessiert, was das junge Lamm so tat und war fasziniert! Waren die Kapriolen gar zu anmutig anzusehen!

So ging dies eine ganze Weile, das junge Lamm zeigte dauernd eine neue Show, das kleine Lämmchen war

immer begeisterter. Es übte seinerseits die Kapriolen, und es funktionierte! Sie sahen gut aus.
Eines Tages scharrte sich das kleine Lämmchen ein Schlupfloch unter dem Gatter, aus dem es entwischen könnte. Es wollte sich in die Nähe des jungen Lamms begeben, um anzusehen, wie das junge Lamm von der Nähe aussieht.

Es war ein kleines Loch und das kleine Lämmchen kroch hindurch. Es war sehr anstrengend, hindurchzukommen und das kleine Lämmchen verletzte sich innerlich sehr. Man sah die inneren Verletzungen von außen nicht. Es litt, war aber trotzdem von dem jungen Lamm angezogen und begeistert. Darüber hinweg vergaß es den Schmerz, welches das Schlupfloch ihm zugefügt hatte. Ob es sich umgekehrt je wieder hineindrücken könnte? Wohl kaum! Das kleine Lämmchen rannte los und wartete hinter einem Gebüsch auf das junge Lamm.

Erwartungsgemäß kam das junge Lamm und produzierte sich wieder. Das junge Lamm schaute zum Gatter, doch dort war das kleine Lämmchen nicht mehr zu sehen! Das junge Lamm machte wieder seine Kapriolen und das kleine Lämmchen neben ihm machte gleichermaßen Kapriolen und es war gar anmutig anzusehen, die Bewegungen passten wunderbar zueinander. Es war eine tolle Show.

Das junge Lamm erschreckte sich, als es sah, dass sich das kleine Lämmchen neben ihm befand! Das kleine Lämmchen durfte doch auf keinen Fall aus dem Gatter entkommen! Schnell ging das junge Lamm zum Hirten und berichtete den Vorfall.

Das kleine Lämmchen wurde eingesammelt und ermahnt: „Warum bist Du entschlüpft?" fragt es der Hirte und das junge Lamm. „Ich dachte, das junge Lamm, welches immer Kapriolen vor meinen Augen macht, will das so." „Nein", meinte das junge Lamm, „Du hast Dich getäuscht! Ich mache immer Kapriolen, und dass ich zu Dir rüber sehe, musst Du Dir eingebildet haben."

Das Lämmchen ging zurück an das Gatter und fand das Loch nicht mehr. In den folgenden Tagen kam das junge Lamm wieder und fing wieder an, sich zu produzieren. Dieses Mal ging das Lämmchen, das sich immer noch außerhalb des Gatters befand, zu dem jungen Lamm und schaute ihm freundlich in die Augen. Das mochte das junge Lamm. Der Blick tat dem jungen Lamm so gut. Es schaute zurück und verliebte sich in das kleine Lämmchen. Das kleine Lämmchen verliebte sich in das junge Lamm.

Doch das junge Lamm konnte es nicht zulassen. Es hatte ein Geheimnis, das niemand erfahren sollte. Nicht einmal das kleine Lämmchen.
Eine ganze Weile kam das junge Lamm nicht an das Gatter und als es wieder kam, machte es plötzlich keine Kapriolen mehr und schaute absichtlich in die genau andere Richtung vom kleinen Lämmchen. Das junge Lamm wusste, dass es vom kleinen Lämmchen beobachtet wurde und wusste, dass das kleine Lämmchen nun nicht mehr das Schlupfloch unter dem Gatter fand.

Als das kleine Lämmchen sich dem jungen Lamm wieder nähern wollte, wich das junge Lamm aus. Das kleine Lämmchen lächelte wieder das zauberhafte Lächeln, doch das junge Lamm musste sich zwingen, nicht zurückzulächeln. Es hatte ein Geheimnis.

Eines Tages, es war spät am Abend, ging das junge Lamm nach Hause, in seine Hütte. Das kleine Lämmchen folgte dem jungen Lamm unauffällig. Es legte sich ins hohe Gras vor der Hütte und wartete.
Das kleine Lämmchen wollte nun wissen, warum das junge Lamm keine Kapriolen mehr macht und nicht

mehr lächelt. Doch das junge Lamm stand zwar am Fenster, aber es kam nicht mehr heraus.
Draußen hörte das junge Lamm das Lämmchen weinen. Es brach ihm das Herz. Das junge Lamm wusste, warum es weint und worauf das kleine Lämmchen wartet und dennoch: Das junge Lamm konnte einfach nichts sagen. Es hatte ein Geheimnis.

Jeden Tag dachte das kleine Lämmchen über das junge Lamm nach und es verbrachte viele Monate im Gras. Es dachte nach und weinte und dachte wieder nach.
Jeden Tag ging das junge Lamm an das Fenster. Das kleine Lämmchen ging einfach nicht weg. Warum ging das kleine Lämmchen nicht weg?

Wohin sollte das kleine Lämmchen denn gehen? Es fand den Weg zum Gatter nicht mehr und wenn es den Weg fände, so fände es das Schlupfloch nicht mehr und wenn es das Schlupfloch fände, so würde es sicher nicht mehr hindurchpassen, denn es war inzwischen größer geworden, die Verletzungen beim Fliehen hatten dicke Narben gebildet, es passte nicht mehr in das ehemalige Schlupfloch und es konnte nicht mehr zurück zu seiner Herde und seinem Hirten. Geholt hat es keiner.

Also war das kleine Lämmchen verdammt, außerhalb des Gatters zu bleiben. Doch das junge Lamm wollte es nicht haben. Es kam auch nicht heraus zum kleinen Lämmchen. Es war verloren. Das erkannte das kleine Lämmchen und weinte noch viel mehr.

Über das Weinen des kleinen Lämmchens berichtete das junge Lamm dem Hirten, der sich sorgte, um das kleine Lämmchen. Die Frau des Hauses und die anderen Lämmchen des Hauses des jungen Lamms fragten sich schon, weshalb das kleine Lämmchen nicht weg geht.
Das junge Lamm meinte, es wisse auch nicht Bescheid.

Das kleine Lämmchen musste alleine wieder zurückfinden! Es muss die Konsequenzen aus seinem Entkommen selbst tragen. Es sollte den Weg zurück suchen und es soll schwirig für das kleine Lämmchen sein. Der Hirte empfahl dem jungen Lamm, bloß nicht zum kleinen Lämmchen hinauszugehen, da das kleine Lämmchen das junge Lamm wieder anlächeln und verzaubern könnte. Davor müsse sich das junge Lamm schützen, denn kleine Lämmchen können verzaubern, davor müsse man sich in Acht nehmen. Das kann einem jungen Lamm ungewollt passieren, das ist schon einmal gegen den Willen des jungen Lamms passiert und müsse dringend verhindert werden. Das kleine Lämmchen müsse nun die Strafe für sein Entkommen und Warten vor der Hütte und verzaubern mit dem Lächeln und seinem süßen Wesen, erleben.

Der Hirte empfahl dem jungen Lamm äußerste Härte gegen das kleine Lämmchen. Es müsse dringend bestraft werden! Sonst wird das junge Lamm wieder verzaubert, gegen seinen Willen. Das muss dem bösen kleinen Lämmchen ausgetrieben werden.

Das kleine Lämmchen, immer noch vor der Hütte, wartend und keine Ahnung, warum das junge Lamm nicht einfach ans Fenster kommt und ruft, dass es gehen soll oder, dass es nun eintreten könne, dachte, vielleicht benötigt das junge Lamm noch Bedenkzeit.

Eines Tages beschloss das kleine Lämmchen, in die Hütte des jungen Lamms zu schlüpfen und zu beobachten, was das junge Lamm so tat und wie es dem jungen Lamm so ging und warum das junge Lamm so lange braucht, um etwas zu sagen. Sieht das junge Lamm doch, dass das kleine Lämmchen vor der Hütte leidet. In der Hütte gab es eine Dame und andere junge und kleine Lämmchen. Nicht so viele.

Es stellte sich unbemerkt und leise neben den Kamin. Und so beobachtete das kleine Lämmchen das junge Lamm. Das junge Lamm ging ans Fenster und blickte hinaus und es war froh, dass es das kleine Lämmchen nun draußen nicht mehr sah. Es schaute aus dem Fenster, von rechts nach links, von links nach rechts. Das kleine Lämmchen hatte es wohl verstanden, dass es nicht hinauskommen würde und hat sich nun verzogen. Besser so für das kleine Lämmchen!

Dem jungen Lamm entfuhr ein lautes Seufzen. Doch es durfte nicht zu laut seufzen, denn sonst hört es die Dame des Hauses und die anderen jungen und kleinen Lämmer im Haus. Es war ein kurzes, lautes Seufzen. Das junge Lamm drehte sich vom Fenster weg und....oh Schreck! Das kleine Lämmchen stand neben dem Kamin in der Hütte. Dort sollte das kleine Lämmchen schon gar nicht stehen! Es sollte sich zu seiner Herde begeben und doch nicht in die Hütte vom jungen Lamm eindringen. Aber das junge Lamm hatte es dem kleinen Lämmchen nicht deutlich gesagt. Huch! Was war da schiefgelaufen?

Und so rannte das junge Lamm zum Schrank, stieg hinauf und holte den Teaser, um dem kleinen Lämmchen einen Elektroschock zu verpassen. Es durfte doch nicht einfach in die Hütte kommen! Was fällt dem kleinen Lämmchen ein, ungebeten einfach einzudringen und zu sehen, was das junge Lamm so tat und sagte und fühlte und wie es sich bei der Dame und den anderen Lämmchen verhielt. Das konnte das kleine Lämmchen doch nicht tun! Es musste dringend bestraft werden, wie auch der Hirte gesagt hat. Keine Gnade!

Und so blutete das kleine Lämmchen. Das war dem kleinen Lamm egal.
Als das junge Lamm von den anderen in der Hütte gefragt wurde, sagte es, dass das kleine Lämmchen einfach so in die Hütte eingedrungen sei. Das junge Lamm wisse nicht, weshalb, das dumme, kranke, gestörte, kleine Lämmchen, das tat. Das junge Lamm führte sich wütend auf und hielt den Teaser in der Hand! War es doch genau das richtige Mittel gegen das kranke gestörte kleine Lämmchen. Es ist eine Bedrohung, das kranke Lamm! Es ist toxisch und ansteckend. Wenn man es nicht tötet, kann es einen mit seiner Krankheit anstecken. Das muss verhindert werden. Die anderen Lämmchen und der Hirte waren von der Reaktionskraft des jungen Lamms begeistert. Musste doch das gestörte, hässliche kleine Lämmchen gestraft werden! Bevor es andere mit dessen

Krankheit ansteckt, wie ein fauler Apfel einen anderen faulen Apfel einfach böswillig ansteckt.

Alle feierten das junge Lamm. Bald hatte das junge Lamm vergessen, was eigentlich vorgefallen war und glaubte selbst seine Lüge, die es den anderen erzählte.

Es hoffte nur, dass das kleine Lämmchen nun niemandem erzählt, was es in der Hütte gesehen hat: Dass das junge Lamm sehr krank war und gar nicht der strahlende Held mit den tollen Kapriolen. Die Kapriolen waren am Ende kaum noch zu leisten gewesen. Das junge Lamm war froh, keine Kapriolen mehr machen zu müssen. Aber zum Begeistern des kleinen Lämmchens hat es noch gereicht.

So konnte das junge Lamm gehen und sich in seine Hütte vergraben. Sein Geheimnis durfte niemand erfahren. Damit das kleine Lämmchen mächtig Angst vor den Möglichkeiten des jungen Lamms bekommt, hatte das junge Lamm vorsorglich das kleine Lämmchen mit dem Teaser genau am Brustkorb verletzt. Damit es das Geheimnis nicht verrät. Für alle Fälle eben. Damit es richtig eingeschüchtert wird. Das hat das kleine Lämmchen verdient!

Und das kleine Lämmchen blutete. Der Hirte war enttäuscht vom blutenden Lämmchen und wollte es nicht mehr. Es war nun beschädigt.

Als das kleine Lämmchen und das junge Lamm eines Tages kurz beieinandersitzen mussten, starrte das junge Lamm an die Wand, damit es das kleine Lämmchen nicht bluten und heulen erleben musste. Es muss ja nur kurz ausgehalten werden. Dann wäre das Kapitel mit dem kranken Hirn geschafft und das junge Lamm kann in Frieden weiter sein gutes Leben leben. Zu Hause in der Hütte wird das junge Lamm weiterhin gefeiert als der strahlende Held. Es muss ja das Lamm nun nicht mehr sehen. Dieses ist in ein anderes Gatter gesperrt worden. Gut so. Das kleine Lamm ist selbst schuld. Soll es doch bluten und heulen und alles. Dieses kranke Hirn.

Er muss sich diese Variante nur lange genug einreden, dann glaubt er sie selbst und ist sich keiner Schuld bewusst. Die Welt ist in Ordnung. Für ihn.

2
Ich will

Ich will eine Entschuldigung, dass Du durch Dein

konsequentes Schweigen mich in diese strafrechtlich relevante Lage gebracht hast.

Ich will eine Entschuldigung für Dein Verleugnen Deiner Beteiligung an den Wendungen, die diese Sache genommen hat! Du hast einfach alles laufen lassen, bis Du mich stoppen hast lassen, plötzlich und aus dem Nichts, von anderen, der Polizei, der Leitung des Hauses. Du hast immer nur Deine Seite gesehen, so verdreht, dass es für Dich passt. Andere sollten für Dich handeln.

Ich will eine Entschuldigung dafür, dass Du mich getäuscht hast, mit dem Blick, mich ins Messer laufen ließest und ich keine Ahnung hatte, dass Du meine Analysen nicht haben willst, dass Du den Kontakt nicht willst. Es kam kein einziges Signal von Dir persönlich!

Ich will eine Entschuldigung dafür, dass Du meinen Ruf bei der Arbeit zerstört hast. Ich soll einfach alle Nachteile Deines Handelns übernehmen. Ist das das Verhalten eines 65-jährigen, ehrvollen Vorgesetzten?

Ich will eine Entschädigung, dass ich mehrere Anwälte benötigte, weil ich mich gegen etwas wehren musste, das ich nicht getan habe.

Ich musste aufgrund Deines Schweigens alles erspüren. Das habe ich Dir gegenüber mitgeteilt und niemandem sonst. Du hast mich gezwungen dazu. Nun muss ich dafür bezahlen, nur weil Du keinen Ton gesagt hast!

Ich muss das alles hinnehmen, nur damit Du Deine Ruhe bekommst. Kann man das von einem Christ verlangen? Ja? Ist das meine moralische Pflicht als Frau, weil ich Dir gefallen habe?

Sage es mir, ich weiß es nicht, weshalb ich das ertragen soll!
Auch nach Monaten kein Signal der Reue von Deiner Seite.
Nicht einmal ein DANKE.
Ich würde Dich nicht anzeigen!

3
Von der Moral

Aus Wikipedia:
Als **Moral** *werden zumeist die faktischen Handlungsmuster, -konventionen, -regeln oder -prinzipien be-*

stimmter Individuen, Gruppen oder Kulturen und somit die Gesamtheit der gegenwärtig geltenden Werte, Normen und Tugenden bezeichnet. Der Verstoß gegen Moralvorstellungen wird als **Unmoral** bezeichnet. **Amoral** benennt das Fehlen bzw. die bewusste Zurückweisung von Moralvorstellungen, bis hin zur Abwesenheit von moralischer Empfindung. So verstanden sind die Ausdrücke Moral, Ethos oder Sitte weitgehend gleichbedeutend, und werden beschreibend (deskriptiv) gebraucht. Daneben wird mit der Rede von Moral auch ein Bereich von praktischen Wertvorgaben (Werte, Güter, Pflichten, Rechte), Handlungsprinzipien, oder allgemein anerkannter (gesellschaftlicher) Urteile verbunden. Eine so verstandene Unterscheidung von Moral und Unmoral ist nicht beschreibend, sondern normsetzend (normativ). Eine moralische Bewertung kann als bloßer Ausdruck subjektiver Zustimmung oder Ablehnung verstanden werden (vergleichbar mit Applaus oder Buhrufen), vor allem bei der Beurteilung von Handlungen, deren Maximen oder sonstige Prinzipien als moralisch gut oder moralisch schlecht gelten. Daher bedeutet Moral im engeren Sinn die subjektive Neigung, der Sitte oder Moral im weiteren Sinne, oder davon abweichenden, jedoch als richtig angesehenen eigenen ethischen Maximen, zu folgen.

Moral und Recht

Es ist eine der Grundfragen der Rechtsphilosophie, in welchem Verhältnis Recht und Moral zueinander stehen. In vielerlei Hinsicht stimmen Moral und Recht (z. B. das Tötungsverbot) überein. Die Frage, wie es z. B. um moralisch verwerfliche Gesetze steht, wurde seit der Antike (siehe Naturrecht) und in der jüngeren Geschichte besonders intensiv in der deutschen Nachkriegszeit diskutiert.

Ich habe mir viele Gedanken gemacht, wie Ihr seht, darüber, ob ich nun die Strafanträge stellen soll oder nicht.
Mein Verhalten habe ich vor dem Hintergrund des moralischen Aspektes geprüft. Oder, anders ausgedrückt:

Was soll ich tun, wer will ich sein? Vernunft und Verantwortung, Gewissen und Schuld.

Vielleicht war ich bereits unmoralisch, indem ich
- mich ihm zu sehr genähert habe,
- ihn unbemerkt bedrängt habe,
- ihn nicht in Ruhe gelassen habe,
- ihn in Gefühlskonflikte gebracht habe,

- egoistisch probiert habe, wie weit ich bei ihm gehen kann
- seine Grenzen nicht bemerkt habe
- seine Persönlichkeitsgrenzen überschritten habe
- sein Geheimnis entlarvt habe
- ihm mitgeteilt habe, dass ich sein Geheimnis entlarvt habe
- ihn zu Schutzmechanismen genötigt habe
- ihn zu Aussagen vor Dritten gezwungen habe

- mich von meiner Familie gefühlsmäßig entfernte.
- mich in einen strafrechtlich relevanten Kontext brachte. Unbewusst.

Darf ich nach all diesen möglicherweise unmoralischen Taten nach Prüfung meines Tuns auch noch Strafanträge stellen und ihn damit noch weiter in den Rechtfertigungsdruck zwingen? Rechtfertigung für etwas, was ich nicht gleich verstanden habe? Er hat ggf. in seinen Augen nichts getan.

Dass seine Ignoranz meiner Anfragen ihn in diese Nothandlung zwingt, hätte er vermutlich selbst nicht für möglich gehalten.

Die Weiterleitung der E-Mails war zunächst Selbstschutz, vielleicht irgendwann Fürsorge, bevor mir etwas passiert.

Alles erhielt eine nicht vorherzusehende Eigendynamik.

Liegt alle Schuld bei mir?
So soll es ja aussehen. So sieht er es und so versucht er alle Beteiligten zu überzeugen, dass es ist.

Sein unmoralisches Verhalten bleibt indes ungestraft und das ist der nagende Punkt an der Geschichte!

Er war unmoralisch, indem er
- mit mir eine Flirtrhetorik pflegte, obwohl er wusste, dass er ein ernst genomenes und aus seiner Sicht, falsch verstandenes Beziehungsangebot, nicht realisieren kann,
- mir einen vielversprechenden Blick schenkte, den er anschließend nicht mehr kommentierte, nicht mehr wahrhaben wollte,
- sein Handeln verantwortungslos in Abrede stellte, vor allen beteiligten Dritten,
- mich als untugendhaft behandelt, in vollem Bewusstsein, dass er falsche Erwartungen in mir geweckt hat,
- mit meinen Gefühlen gespielt hat, obwohl er wusste, wie weitreichend diese waren,
- von mir erwartete, dass ich diesen Blick als

„Versehen" werte,
- von mir erwartet, dass ich für ihn unbemerkt und autonom meine Gefühle zurückentwickle,
- von mir erwartet, dass ich das „Versehen" vergesse,
- von mir maximales Verständnis für seine Ansprüche, seine Situation, seine Befindlichkeiten, seine Krankheit, seine Stellung bei der Arbeit, in der Familie und bei sonstigen Dritten erwartet.
- von mir erwartet, dass ich alle Nachteile hinnehme, ohne ihm offene Vorwürfe zu machen.
- von mir erwartet, dass ich ihn nicht strafe, was ihn gesellschaftlich schlecht aussehen lässt und sein Bild nach außen und seine arbeitsrechtliche, strafrechtliche, zivilrechtliche und natürlich auch familiäre Situation verändert.

Warum sollte ich das tun? Die Wut schwelt immer noch! Sie nagt an mir.

Ich versuche auf der moralischen Waage zu erkennen, ob meine Schuld größer ist, unter der moralischen Lupe betrachtet.

Ob ich durch die Strafanträge sein unmoralisches, lügendes Verhalten sanktionieren kann? Ist das Stellen von Strafanträgen geeignet, sein unmoralisches

Verhalten mir gegenüber überhaupt zu werten und anschließend angemessen zu sanktionieren?

Welches Mittel habe ich aber in der momentanen Lage, die mich zum absoluten Stillschweigen ihm gegenüber verpflichtet? Nun, nicht ganz, wie man an diesem Buch sieht.

Kapitel IX

1
Der Pseudologe

Es muss gründlich durchdacht werden, ob die Strafanträge gestellt werden.

Seine Begründung für die Stalking-Strafanzeige des 06.01. war durchzogen von Lügen. Notlügen? So viele? Auch leicht zu widerlegende Angaben, wie die, dass ich seine E-Mail-Adresse auf Umwegen beschafft haben soll, fand Eingang in die Begründung.

Ein krankhaftes Lügen? Krankhafte Lügner werden in der Psychologie als „Pseudologen" bezeichnet. Nach Aussagen von Herrn Prof. Dr. Hans Stoffels (Arzt für Psychiatrie und Psychotherapie in Berlin) erklärt, dass diese Menschen, die zwanghaft lügen, hinter einer Krankheit verstecken.
Hier versteckt er allerdings eine Krankheit, also gerade andersherum.
Prof. Dr. Stoffels erklärt, „dass der Betroffene kreativ ist und eine große Begabung für Fantasien und das Erfinden von Geschichten hat. Dies sei eine positive Fä-

higkeit, die auch ein Künstler oder Schriftsteller haben muss. Aber ein Pseudologe ist häufig in Umständen aufgewachsen, die von großer Entbehrung, beispielsweise der elterlichen Zuwendung, gekennzeichnet sind. Seine große Fantasie ist dann das Mittel, mit dem er diese Realität verändert und die traumatischen Umstände „bewältigt". [2]

Diese Flucht in die Fantasie kann sogar für die komplette Lebensbewältigung herhalten. Das Selbstwertgefühl hat häufig stark gelitten. Mit dem Ausleben der Fantasie wollen Pseudologen das verminderte Selbstwertgefühl retten.

(...) Dabei muss stets darauf geachtet werden, dass der Pseudologe nicht nur andere Personen anlügt, sondern die Lügengeschichte selbst glaubt und sich auch selbst täuscht. (...)"

„Die Pseudologen," so Prof. Dr. Stoffels weiter, „lügen aus einer Art Schutzbedürfnis heraus. In ihrer wahren Identität fühlen sie sich schwach und angreifbar.

Der Grund für die zwanghafte Hochstapelei sei eine narzisstische Persönlichkeitsstörung, so Prof. Dr. Stoffels bei Focus online. Pseudologen fliehen aus einer Wirklichkeit, mit der sie nicht fertig werden, sagt der

---

2. Prof. Dr. Hans Stoffels in Quaks, zum Thema „wenn Lügen zur Krankheit wird". Pfad: quarks.de/Gesellschaft/Psychologie/Wenn Lügen zur Krankheit wird

Wissenschaftler. Viele litten an traumatischen Kindheitserfahrungen. Auch um das Selbstwertgefühl zu erhöhen, diene ihnen die Lüge. Die Betroffenen machen sich selbst etwas vor.
Prof. Dr. Stoffels erklärt, dass sich der Pseudologe vom Betrüger vor allem darin unterscheidet, dass der zwanghafte Lügner auch dann schwindelt, wenn er sich damit schadet.
Der Narzisst kann aber auch ganz unverfroren lügen, um eine Schuld ganz weit von sich zu weisen. Ob er nun offensichtlich einen Fehler gemacht, etwas unterschlagen, falsche Fakten herausgegeben hat oder fremdgegangen ist: Immer versucht er, die Tatsachen zu verdrehen und ausgekochte Lügen aufzutischen, nur um sein eigenes Ansehen nicht zu beschmutzen und immer als der Grandiose und Makellose aus einer Affäre hervorzugehen. Dabei ist er sehr talentiert und überzeugend, anderen die Schuld in die Schuhe zu schieben. Wer hinter die Lüge kommt, wird mit allen Mitteln gestraft."

Das Traumatisierende könnte die Diagnose mit der Krankheit sein und die Kindheitserfahrung als eines von mehr als 10 Kindern.

Welche Chance habe ich dann mit meinen Strafanträgen?

Sicher ist er nicht ganz in der dort beschriebenen

Art als krankhafter Lügner zu sehen, denn die Pseudologen sind Hochstapler, wie Baron Münchhausen, wenn ich das richtig verstanden habe, aber in dem Arbeitsumfeld war des Öfteren die Lüge näher, als die Wahrheit. Auf die Frage, was er denn in seinen letzten 2 Wochen der aktiven Zeit getan hat, antwortete er, er habe Datenauswertungen gemacht. Ich könnte mir vorstellen, dass er eher seinen Umzug, von dem einen Haus in das andere, im Homeoffice mithalf, zu organisieren. Da es aber nicht nachweisbar ist, kann er getrost lügen.
Bei seinem Abschied erklärte er, man sei an ihm dran, dass er in Moldawien helfen solle, fachlich. Es gab kein Projekt in Moldawien, wie ich später herausbekam, sondern in Bosnien Herzegowina. Hat er es verwechselt?

Wieso sagt er die Unwahrheit darüber? Gewohnheit? Er schien sich seiner Sache sehr sicher zu sein, hat bestimmt nicht damit gerechnet, dass ich ihn an seinen geschriebenen Aussagen vom 06.01. einmal festhalten werde. Er dachte, er würde mich mit der Polizei maximal einschüchtern und ich würde daraufhin klein beigeben und mich endlich zurückziehen. Mit einem möglichen Gegenschlag rechnete er sicher nicht.

Das Verheimlichen der Krankheit bei der Arbeit und

bei der Familie gab ihm die Möglichkeit, sich so zu geben, wie die anderen. Das Entlarven meinerseits empfand er sicher als demütigend. Er hat es in die Abstandsverfügung hineinschreiben lassen. Ich solle ihn nicht weiter demütigen und belästigen. Er fand meine Analyse sicher beschämend. Aber, ist das ein Grund, nicht ein klärendes Gespräch mit mir zu führen, sondern die Polizei zu schicken? Muss ich einsehen, dass ich es verdient habe, durch dieses Herausfinden der Krankheit und Rückmelden an ihn, maximal bestraft zu werden? Ist das in allerhöchstem Maße verwerflich, was ich getan habe?

Ich meine, andere Kollegen konnten seinen Tremor auch sehen und kennen vielleicht die Anzeichen und sind vor mir auf die Krankheit gekommen. Nur, diese Kollegen haben es ihm nicht mitgeteilt, dass sie diese Krankheit bei ihm vermuten.

Habe ich beim Erkennen und ihm Mitteilen der Krankheit eine solch empfindliche moralische Grenze überschritten, dass es gerechtfertigt ist, dass ich Nachteile dieses Ausmaßes zu ertragen habe? Gebe ich meine „Schuld" in dem Fall zu, wenn ich keine Strafanträge stelle? Sehe ich es als gerechtfertigt, dass ich bestraft werde, da ich alle moralischen und ethischen

Grenzen in diesem Moment unbedacht, unsensibel, nicht emphatisch und in einem großen Maß überschritten habe?

Da er nicht mit mir sprach und mich damit wissentlich quälte, war ich auf meine Beobachtungen angewiesen, um mir seine Ignoranz, Rückzug oder Ablehnung zu erklären. Letztlich bin ich froh, dass ich auf die Krankheit gekommen bin. Aber waren das unbedachte Rückmelden, meiner Beobachtungen und möglichen Schlüsse dergestalt verwerflich, dass ich die Strafe ohne Vorwarnung akzeptieren muss? Ich habe regelmäßig um ein „Stopp" gebeten. Auch das wurde ignoriert? Hat er das bewusst gesteuert?

Übrigens: Auch ich könnte lügen!

Würde ich ebenfalls lügen und die Unterlagen verändern, welche noch gar nicht bei der Polizei lagen, die E-Mails vom 04.12. und 20.12. beispielsweise, dann könnte ich aus den Gegebenheiten vom 08.09. etwas ganz anderes machen, als tatsächlich vorgefallen ist.

Wenn die Strafanträge gestellt werden, könnte ich genauso mutwillig veränderte Unterlagen beifügen, die ihm die Ehe vernichten könnten, indem ich einfach behaupte, wir hätten jahrelang eine Liebesbeziehung geführt. Wie will er das Gegenteil beweisen?

Er hat sich selbst diskreditiert, indem er einige

Angaben gemacht hat, die unschwer als falsch zu widerlegen sind.

2
Fremde Anteile

Wenn ich ihn mit Strafanzeigen überziehe, muss auch gesichert feststehen, dass er derjenige allein Handelnde ist, der hier bestraft werden soll. Gegebenenfalls müssen allerdings gewissermaßen „fremde Anteile" aus seinem ihm zuzuordnenden Verhalten herausgerechnet werden.

Angenommen, er las in meiner E-Mail, dass ich gefährliche Situationen auf der Autobahn erlebe, weil ich mich so quäle, weil ich unter der Trennung von ihm leide.

Er wollte sich ggf. nicht selbst bei mir melden, sondern hoffte auf die Leitung des Hauses. Nun ist dies eine weitere Person, die sich hier verhält. Eine Frau in meinem Alter.

Was ist, wenn sie maßgeblich an dem Ergebnis mitgewirkt hatte? Ich hatte am 29.12., am 04.01. und am 11.01. Gespräche mit ihr. Sie wollte, dass ich loskomme von ihm, sie gab zu verstehen, dass sie voll im Bilde über alle Geschehnisse war, da alle E-Mails an sie weitergeleitet wurden. Sie hatte Kontakt zu ihm, wollte mich die Korrespondenz bei den E-Mails nicht sehen lassen, reagierte auf meine Anfrage, die Korrespondenz auf ihrem Rechner zu sehen, sehr strikt, ein Tick zu schnell, würde ich sagen.

Sie hatte ihren Anteil an den Geschehnissen. Sie war beteiligt. Hatte sie durch ihr Verhalten dafür gesorgt, dass ich den Tatbestand des Stalkings erfülle?

Sie könnte ihn dahingehend beraten haben, dass er mich nicht kontaktieren sollte, denn genau das will ein Stalker erreichen. Es gäbe einen Kreislauf. Er hatte ihr vermutlich mehrfach erklärt, dass er an mir nicht interessiert sei und sich mein Verhalten auch nicht erklären könne.
Sie kam im Dezember einmal zu mir und erklärte mir, ich sähe schlecht aus, ich trüge dauernd schwarze Kleidung, was ich tunlichst künftig lassen sollte und ich sei zu dünn. Das war alles.
War das die Fürsorge, die sie mir zukommen lassen wollte? Hatte er sich gedacht, dass sie freundschaftlich, von Frau zu Frau mit mir spricht, herzlich und liebenswürdig?
Sie tat es nicht. Durch die fehlenden Rückmeldungen und Reaktionen wurde ich immer ungeduldiger und konnte nicht fassen, dass ich gegen meinen inneren

Widerstand am 31.08. einem klärenden Gespräch zugestimmt hatte, er aber keines führen wollte. Durch das Fehlen eines „Stopp", dachte ich, es wäre in Ordnung, dass ich weiterschreibe, kam ihm mit dem Weihnachtsbrief immer näher und wollte schließlich am 28.12. vor der Tür stehen. Kein Zeichen von irgendeiner Seite, welches mir Einhalt gebot, eine Orientierungshilfe gegeben hätte. Durch das konzertierte Verhalten von ihm und der Leitung des Hauses wurde ich letztlich zu dem Erfüllen des Tatbestandes getrieben.

Angenommen, Sie wertete meine E-Mails, die ungewünscht waren, was mir nicht mitgeteilt wurde, als die Tat einer Stalkerin, dann stellte Sie ggf. bereits früh die Weichen in Richtung Kontakt mit der Polizei. Sicher erwähnte er den Flirt nicht oder spielte ihn herunter und erklärte ihr, dass er mir gesagt habe, er hat kein Interesse an mir. Vielleicht war es auch ihr Vorschlag, das klärende Gespräch vom 31.08. in den Oktober zu „verschieben". Sie muss die Konsequenzen ja nicht tragen, sondern er. Hier passt die verhaltene Reue hin, welche sie gezeigt hatte, als ich ihr sagte, dass in der Begrünung vom 06.01. einige Unwahrheiten enthalten waren und erst als ich erwähnte, dass ich in einem Opferschutzprogramm stehe und der

Anwalt ihn für den Täter hält, zeigte sie Betroffenheit. Sie sei von seinen wahren Äußerungen ausgegangen, er ginge über Leichen, er ist ein schlechter Mensch. Denken Sie einfach, er sei ein Arschloch, das hilft, dann kommen Sie weg von ihm. Sie ist beteiligt.

Wer weiß, in welche Notsituation sie ihn durch den Ratschlag gebracht hat, mich nicht zu kontaktieren, um mein Stalkingverhalten nicht auch noch zu unterstützen. Sie wollte am 11.01. unbedingt, dass ich anerkenne, dass ich ihn gestalkt habe und wollte, dass ich zur Stalking-Beratung gehe. Sie fürchtete nun, dass der Tatbestand nicht wirklich vorliegt. Es musste alles getan werden, damit der Stalking-Vorwurf passt. Das klärende Gespräch in den Oktober verlegen ist sicher ein probates Mittel. Es existiert kein Protokoll. Ich könnte daher nicht nachweisen, was hier besprochen wurde. An die Zeiterfassung, die ich parallel zu meiner Kollegin vorgenommen und später als Beweismittel zur Verfügung gestellt bekommen habe, haben beide nicht gedacht.
Er müsste im Rahmen meiner Strafanzeigen den Kopf dafür hinhalten (uneidliche Falschaussage).
Ihre Beteiligung muss also hinreichend beleuchtet werden, so gut es eben geht, von außen, bevor ich gegen ihn Strafanträge stelle.

Er war zur Polizei gegangen, möglicherweise auf Anraten der Leitung des Hauses. Sowohl der passende Antrag, gerichtet an die Staatsanwaltschaft, wie auch die ausführliche passende Begründung, mussten sodann gefertigt werden. Haben beide gemeinsam die Begründung verfasst? Sollte ich das am 11.01. bei meiner Anfrage, die Weiterleitungen sichten zu wollen, nicht sehen?
Die Leitung des Hauses hat ein eigenes Interesse, dass ihre Beteiligung nicht strafrechtlich und arbeitsrechtlich beleuchtet wird.
Im Ergebnis wollte er dafür sorgen, dass ich loskomme von ihm, nicht vor der Haustür stehe und seiner Familie weder über die Krankheit noch über einen Flirt irgendwelche Informationen zukommen lasse. Hierzu war jedes Mittel recht. Die Polizei zu senden, war sicher tauglich, wenn auch vom Gefühl her etwas überzogen, aber, passt schon.

Dann sollte ich auch prüfen, ob gegen die Leitung des Hauses Strafanzeigen gestellt werden müssen, oder ich halte mich auch hinsichtlich ihrer Person zurück. Sie hat mich schließlich massiv beleidigt, mich als Erotomanin bezeichnet, vermutlich hat sie sich nicht im Geringsten vorstellen können, dass man mich tatsächlich lieben könnte, von seiner Seite. Das konnte nicht sein.

Wieviel Rücksichtnahme kann ich ertragen? Wer nimmt auf mich Rücksicht?
Beide waren sich einig, was die Mittel angeht, was die Begründung angeht. Nur, was die Bezahlung für das Verhalten angeht, da war sicherlich nicht die Rede davon. Die Leitung des Hauses würde mich im gleichen Maß unter Druck setzten, man würde mich schon klein kriegen. Daran bestand kein Zweifel. Wie sollte ich aus der Nummer herauskommen? Zwei Fronten, mit Polizei auf der einen Seite und Beleidigung auf der anderen Seite, wäre so viel Druck geschaffen, daran wird sie zugrunde gehen. Soll sie.

Warum eigentlich? Es lagen sicher Gründe vor, die nicht zu dieser Angelegenheit gehören. Auch ihr war das Ergebnis recht, der Leitung des Hauses, wenn ich klein und mundtot gemacht werden würde. Und der Zweck heiligt schließlich die Mittel.

3
Der Briefkasten

Ich sage ja, ich bin ambivalent!
Er saß im Gerichtssaal am 16.04. und erklärte, dass

er jetzt und zu keinem Zeitpunkt irgendetwas von mir wollte und beantragte, dass ich seiner Frau und seinen Kindern nichts von seiner Krankheit sagen soll und hörte, dass ich Beweise habe, dass das klärende Gespräch, auf welchem er bestand, am 31.08. von 09:00 Uhr bis 09:22 Uhr stattfand und nicht im Oktober, so wie er es in die Begründung vom 06.01. geschrieben hatte. Die Beweise hätte ich dabei, hier im Ordner und zeigte darauf.

Er hörte mich, wie ich die Frage stelle, ob die Weiterleitung von E-Mails ohne mein Wissen, nicht eine Straftat nach § 42 BDSG ist. Die Weiterleitung der E-Mails, ohne mein Wissen, um mir zu schaden, um mich zu verleumden, denunzieren. Er hörte, dass ich unter einer Leitung des Hauses, die von meinem kompletten Innenleben Bescheid weiß, in der Version, wie er sie erzählt hat, nicht arbeiten konnte, dass ich die Stelle gewechselt habe, herausgerissen aus meinem Arbeitsumfeld, die Kollegen im Stich lassen musste. Die blanke Wut. Er schaute zur Wand. Betroffen, vielleicht beschämt.

Die Sache zu § 1 GewSchG wurde zu Ende besprochen bei Gericht. Er erwartete sicher, dass ich nun die Beweise vorlege zu der Besprechung vom 31.08., uneidliche Falschaussage und den Strafantrag zu § 42 BDSG stellte. Ich hätte es tun können. Er sah allerdings, wie ich mit meinem Anwalt zur Tür hinaus ging. Also würde ich die Strafanträge nicht jetzt stellen, sondern zu einem anderen Zeitpunkt. Also ist diese Angelegenheit immer noch nicht fertig! Er wäre nun dran. Jetzt würde ich mit ihm abrechnen.

Er konnte sich ausmalen, wie ich meine Wut in die Strafanträge einfließen lasse, ich musste schließlich jeden Tag 160 Kilometer zur Arbeit fahren, eine andere Tätigkeit erledigen, wo ich doch bei der vorigen Tätigkeit so geeignet war. Ich musste einen Hass auf ihn haben. Er musste annehmen, dass sich die ehemalige Liebe in Hass verwandelt hatte, und diesen werde ich ihn nun spüren lassen. Warum aber der Gutschein?

Vermutlich, damit er zu dem Gerichtstermin persönlich erscheint, ich meine Anträge stellen kann und ihm noch vor Ort die Einleitung der Strafverfahren bekannt gegeben werden, oder zumindest sollte er hören, was auf ihn zukommt. Dazu sollte er persönlich erscheinen.

Er ging nach Hause und wusste, dass es nicht zu Ende war.
Er konnte daher die Strafanträge erwarten. Zu Hause. Sie würden von einem Bediensteten des Amtsgerichts

abgegeben werden. Nur, bei wem? Bei einem Bewohner des Hauses. Das könnte seine Frau sein.
Sobald er das Haus verlässt, könnte sie die Strafanträge entgegennehmen. Die Uhrzeit wird durch den Bediensteten des Amtsgerichts auf dem Umschlag und in dessen Unterlagen vermerkt und die Frau wüsste genau, es sind Strafanträge. So etwas hatte er ggf. noch nie bekommen und sie noch nie entgegengenommen. Sie wird wissen wollen, was in dem Brief steht.
Und damit würde sein ganz persönliches Drama beginnen.

Er hatte nicht damit gerechnet, dass sich meine Einstellung unter diesen Attacken wandeln könnte und dass ich zur Gegenwehr ansetzen könnte. Er hatte in seiner narzisstischen Selbstherrlichkeit angenommen, unwiderstehlich zu sein.
Er hatte tatsächlich gedacht, dass ich ihn ewig lieben würde, er hatte zu keinem Zeitpunkt damit gerechnet, dass ich ihn nicht mehr lieben könnte. Fatal!
Er war überzeugt, dass er mich dauerhaft angreifen könnte, meine Werbung nur heftig genug erschlagen muss, damit ich endlich Ruhe gebe.

Und da sitzt er nun in seiner von ihm geschaffenen

narzisstischen Falle. Damit hat er nicht gerechnet! Zusammen mit der Leitung des Hauses, war er an meiner Bestrafung interessiert. Die Leitung des Hauses allerdings wird sich sicher sehr schnell von ihm distanziert haben, um nicht den gleichen rechtlichen Reaktionen ausgesetzt zu sein, die ihm drohen. Alles mit dem Ziel, dass sein „festes Umfeld" nichts denkt, was es nicht soll. Seines Erachtens.

Nun aber hat sich das Blatt vollständig gedreht! Für ihn unbemerkt, scheint sich auf meiner Seite die Liebe verabschiedet zu haben und der Hass blitzt auf.
An diese Variante hatte er bis zu dem Termin bei Gericht am 16.04. nicht gedacht. Er konnte nicht mehr darauf reagieren. Es hatte sich im Hintergrund entwickelt.
Was würde ich mit ihm in all diesem Hass anstellen? Wozu bin ich im Stande, jetzt wo ich als Gegnerin genau weiß, wo er seine wunden Punkte hat? Ich hörte am 16.04., was er zu verhindern versuchte.

Und so könnte sich die Reue bei ihm entwickeln. Er kann mich nicht bitten, von den Strafanträgen Abstand zu nehmen, er kann mich nicht um Verständnis bitten. Er kann nicht mit mir in Kontakt treten. Die Abstandsverfügung macht es für ihn unmöglich, mir

irgendetwas zu sagen. Er ist von meinem Goodwill, meiner Menschlichkeit, meiner Nachsicht, meinem Verständnis, meinem Handeln abhängig.
Genau die Person, auf die er vorher mit aller Wucht geschlagen hat. Genau von dieser Person ist er abhängig. Er hätte nicht so hoch pokern sollen, mit solch schlechten Karten. Die Leitung des Hauses muss nicht so hoch bezahlen, wie er. Bei ihm kann meine Reaktion schicksalhaft werden. Bei der Leitung des Hauses vielleicht nicht. Sie unterstützt ihn nun nicht mehr.

Schon bevor er die Strafanträge erhält, beginnt das Drama. Die Briefe mit den Strafanträgen werden direkt bei einer Person in seinem Haushalt zugestellt. Ich habe darauf keinen Einfluss. Es ist nicht zu der üblichen Zeit, wenn die Post kommt, sondern der Bedienstete des Amtsgerichts kann jederzeit kommen, oder es kommt die Polizei. Zu jeder Zeit kann das sein! Zu jeder Zeit!
Sobald er sich nicht in der Nähe der Haustüre aufhält, könnte er dadurch ein klammes Gefühl haben, dass die Strafanträge mit einem für ihn nicht kalkulierbaren Inhalt in die Hände seiner Frau gedrückt werden. Er müsste sich umgehend rechtfertigen, die Briefe öffnen und wer weiß, auf welche Straftaten, welche er begangen haben könnte und deren er sich

nicht bewusst war, ich noch gekommen war! Er hatte schließlich bewusst das Blaue vom Himmel heruntergelogen in der Begründung vom 06.01.

Wenn ich genau, wie er log, würde ich eine Liebesbeziehung in die fehlenden E-Mails hineindichten und er müsste schlimmsten Folgen befürchten. Umgehend würde seine Frau ihn hinausschmeißen! Genau das, was er verhindern wollte, durch die Polizei, die er mir schickte, würde dann eintreten. Ohne mein Zutun. Aufgrund seines eigenen Verhaltens!
Welch eine gewaltige Belastung. Er muss täglich befürchten, zu jeder Zeit, mit der Zustellung der Strafanträge rechnen.
Beeinflusst es sein Verhalten? Geht er weniger aus dem Haus? Beeinflusst es seinen Gesundheitszustand? Wird es die Beschleunigung der Symptome fördern?
Sobald er sich im Obergeschoss aufhält, während seine Frau im Erdgeschoss ist, könnte sie schneller bei der Tür sein.
Wenn er die Strafanträge in die Hand bekommt, könnte er noch irgendeine Ausrede benutzen, aber nicht, wenn sie an die Tür geht.
Und das ist nur der Teil, der die Strafanträge anbelangt. Es gibt auch noch die Möglichkeit, dass ich von

seiner Krankheit der Frau oder/und den Kindern auf andere Weise erzähle. Ich könnte mir etwas einfallen lassen, so dass ich nicht gegen die Abstandsverfügung verstoße und sie es trotzdem erfährt.

Sehr häufig war ich in der Versuchung, Rache zu üben, ihm zu schaden. Ich habe versucht, diese Wut einzudämmen und der Versuchung zu widerstehen.
Er muss genau das befürchten, was er unbedingt verhindern wollte, warum auch immer er das verhindern möchte, dass seine Frau von seiner Krankheit erfährt.

Jeden Morgen, wenn er aufsteht, wird er bereits ein beklemmendes Gefühl haben. Er geht auf 9 Uhr zum Briefkasten und schaut nach, ob die Strafanträge vielleicht nur per Einwurfeinschreiben zu ihm gelangen. Es wird ihm kalt und heiß werden und es geht wochenlang, monatelang auf diese Weise. Es wird ihn zermürben.

In der Summe ist er - seit seines Ruhestandes - gedanklich täglich mit mir befasst. Zunächst mit den E-Mails, jetzt mit den zu befürchtenden Strafanträgen. Und der Leitung des Hauses, mit welcher er noch Kontakt in meiner Angelegenheit haben darf, laut Abstandsverfügung, habe ich gesagt, dass mein Anwalt die Strafanträge stellen wird. Das ist deren letzter Stand. Falls die Leitung des Hauses überhaupt noch mit ihm spricht. Denn das könnte rechtlich zu deren Nachteil ausgelegt werden, sie wird es zu verhindern wissen. Ggf. könnte sie ihn bei einem möglichen Anruf von ihm, nach dem 16.04. vor den Strafanträgen gewarnt haben und er muss erst recht die Anträge befürchten. Er wird auch erkennen, dass sie sich herausreden wird und alle „Schuld" auf ihn wälzen wird. Noch mehr Druck.

Er hat nun das Bedürfnis, ein klärendes Gespräch mit mir zu führen! Er wird mich bitten wollen, doch keine Strafanträge zu stellen, doch nicht zu lügen, er wird sich entschuldigen wollen und alles heruntersprechen wollen.
Doch er hat ebenfalls eine Abstandsverfügung. Er darf nicht mit mir in Kontakt treten. Er darf auch mit der Leitung meines neuen Hauses nicht in Kontakt treten, um mit dieser über mich zu sprechen.
Nun muss er täglich spüren, wie es ist, reden zu wollen und nicht zu dürfen. Die Nachteile seiner eigenen Idee, mit der Abstandsverfügung, trifft ihn nun selbst.

Ich kann seine Zukunft maßgeblich gestalten. Ob er von seiner Frau hinausgeschmissen wird, ob sie von seiner Krankheit erfährt und wann, das liegt alles in meiner Hand. Er hat damit angefangen. Er hat NICHTS gesagt. Ich jetzt auch! Zu seinem Nachteil.

In dem Bewusstsein, mir vollständig ausgeliefert zu sein, wird er zum Briefkasten laufen, obwohl die Strafanträge vielleicht persönlich zugestellt werden, aber es könnte sein, dass diese in Abwesenheit aller Bewohner doch in den Briefkasten geworfen wird. Dadurch erlangt der Briefkasten eine neue, vielleicht sinnbildliche Bedeutung. Er wird zum Schicksalsträger. Er muss befürchten, dass im Briefkasten ein Brief liegt, der über sein Schicksal entscheiden wird. Der Briefkasten selbst wird schicksalhaft.

Er schaut hinein und sieht keine Briefe von der Staatsanwaltschaft.
Er schließt den Briefkasten. Er läuft zur Küche, holt sich einen Kaffee und setzt sich auf seinen Lieblingsplatz. Vielleicht auf die Dachloggia, um mehr Ruhe zu haben. Er denkt über die Wahrscheinlichkeit nach, dass ich ihm die Anträge schicke.
Warum tue ich es nicht? Warum habe ich es nach Monaten immer noch nicht getan? Sind meine Anträge bei der Staatsanwaltschaft nicht angenommen worden, kommen sie noch, habe ich sie nicht gestellt?

Und wenn ich sie nicht gestellt habe, was er möglicherweise durch seine Anwältin nachfragen lässt, warum nicht?
Liebe ich ihn doch?
Das was er von mir verlangt, geht weit über das übliche Maß des Erträglichen hinaus! Weit über das übliche Maß der Nächstenliebe, der Rücksichtnahme, der Umsicht, des Verständnisses geht das hinaus, was er nun benötigt.

Es erfordert Liebe! Nur die Liebe erträgt diese Nachteile und Forderungen, wortlos. Nur die Liebe verzichtet auf Rache.

Er wird sich gewahr werden, dass er von meiner Liebe abhängig ist. Er wird nur dann sein von ihm geplantes Leben so weiterführen können, wenn ich ihn liebe. Das ist Fakt!

Wenn ich ihn, nach all diesen Misshandlungen für ihn keine negativen Konsequenzen folgen lasse, dann werde ich ihn wohl lieben. Einer unbescholtenen Frau plötzlich und aus heiterem Himmel die Polizei zu schicken, ist eine Misshandlung und die Weiterleitung von Mails an die Chefetage ohne mein Wissen, ebenfalls. In diesem Fall wäre es echte Liebe! Oder einfach

nur Dummheit natürlich.
Möglicherweise liegen diese beiden sehr nah beieinander.

Was macht es mit ihm, auf seinem Sonnenstuhl, wenn er daran denkt, dass er von mir Liebe erwartet? Umso länger keine Strafanträge gestellt werden, umso wahrscheinlicher ist es, dass ich ihn doch liebe. Die Liebe von mir erhält einen unglaublichen Stellenwert! Zuvor hat er versucht, sie mit aller Macht zu zerstören. Sie sollte sich nicht zeigen. Jetzt allerdings sollte sie mein Handeln steuern.

4
Was ist Liebe?

Ich wusste es nicht, was Liebe ist. Ich wehrte dieses Gefühl in mir ab! Ich wollte es nicht wahrhaben.
Einmal habe ich einen Mann getroffen, den ich gefragt habe, weshalb er sich nach 18 Ehejahren von seiner Frau getrennt hat, um eine 11 Jahre ältere Frau zu heiraten. Er erklärte mir, er habe diese Frau schon immer geliebt. Sie war früher verheiratet. Nun hätte sie sich geschieden. Sie haben geheiratet und er verließ seine Familie mit 3 kleinen Kindern. Ich fragte, ob es nicht anständig gewesen wäre, bei seiner Familie

zu bleiben. Es wäre doch seine Pflicht. Er antwortete, dass die Liebe nicht zu steuern geht. Sie gehorcht nicht, sie kann nicht vom Verstand geführt und vernichtet werden. Ich hielt es für eine Ausrede und glaubte ihm kein Wort. Ich verurteilte ihn.

Er meinte, „wenn Du das seltene Glück haben solltest, der Liebe Deines Lebens zu begegnen, dann wirst Du verstehen, was ich meine." Und ich muss nun sagen: Er hat Recht.

Obwohl ich eine rechtschaffene, anständige Frau bin, bemüht, nach dem christlichen Glauben zu leben, gelingt es mir nicht, es ist mir nicht gegeben, von Mr. X loszukommen.

Ich wache in der Nacht auf und er, mit seinen schönen Augen, ist direkt vor mir. Ich muss nicht aktiv an ihn denken, er ist automatisch da. Ich sehe die Welt nur noch durch ihn hindurch. Natürlich kann das auch eine Folge der Traumatisierung sein.

Sobald ich aber am Tag mit Gesprächspartnern fertig gesprochen habe, mich nicht mehr konzentrieren muss, ist er wieder bewusst präsent. Ich drehe mich weg und er steht da und ich lächle ihn in mir an. Wunderschön! Es ist schön, ihn bei mir zu haben!

Und so entwickeln sich die Dinge.

Umgewertet werden die Lügen in Notlügen, für die ich Verständnis habe, er ist dann doch kein Pseudologe mehr. Er musste es wohl auf diese Weise tun, um die Wahrheit vor seiner Frau und Familie zu verstecken. Vielleicht hat er es getan, weil ich verheiratet bin und er meine Ehe nicht zerstören wollte und er keine Frau eines anderen Mannes anmachen möchte, aus Anstand! Verständnis habe ich dann für alles, was er mir angetan hat, als ob es nichts wäre. Alles wird weichgespült im Waschgang des liebevollen Verständnisses.

Und wenn ich mit meinem Partner essen gehe, komme ich mir vor, als würde ich fremd gehen! Als würde ich ihn mit meinem eigenen Partner betrügen! Mein Mann ist voll und ganz im Bilde, ich habe ihm einige Male die gesamte Geschichte erzählt.
Eine Eigendynamik hat dieses Gefühl. Er ist präsent, zu jeder Tages- und Nachtzeit. Ich wusste das nicht! Ich muss zugeben, ich habe dieses Gefühl „Liebe" unterschätzt. Ich dachte auch, es würde vergehen. Aus den Augen, aus dem Sinn. Das geht nicht. Es stimmt nicht. Und dieses Gefühl altert nicht!

Es kommt mir manchmal vor, als wäre der Flirt vom 08.09. soeben passiert. Alles ist so präsent, er ist so nah, alles nehme ich so intensiv und unmittelbar wahr. Wie sollte es mir gelingen, mich gegen solch ein Gefühl zu wehren? Ich, die immer die Eheleute verurteilt habe, die den Partner sitzen lassen.

Es passiert! Es passiert mir! Mir anständigen Frau passiert es! Völlig egal, wie sehr ich mich zur Wehr setze. Ich habe keine Chance! Ich bin diesem Gefühl ausgeliefert. Es hat eine Eigendynamik und ich komme nicht dagegen an! Man muss mich schon erschlagen, wenn ich dieses Gefühl für ihn nicht mehr haben soll! Alle Bedingungen, die diese Liebe erfordert, werde ich erfüllen.

Und das Gefühl ist unabhängig von dem, was Mr. X tut! Er kann sich noch so grausam verhalten. Ich liebe ihn dennoch! Das wusste ich nicht.

Diese Erkenntnis ist neu. Ich hatte keine Ahnung. Mein Verstand sagt noch ab und zu: Sende ihm die Strafanträge, räche Dich, verrate ihn an seine Familie, die Wut kommt hoch, ein Stachel, ein Dorn oder gar ein Messer, das in meinem Fleisch steckt und ich nicht bewegen kann. Das Messer ist da und schmerzt unglaublich. Kurze Zeit später schaue ich an die weiße Wand und da steht er wieder mit seinem intensiven Blick, der mich nie wieder verlassen wird. Der Blick, den ich aus dem Kopf bekommen wollte. Ich schaffe es nicht, ich kann nicht!

Und so ist es völlig egal, wie alt er ist, wie wenig Zeit wir hätten, in welchem gesundheitlichen Zustand er sich befindet. Völlig egal. Solange seine wunderschönen Augen nicht für immer geschlossen sind, warte ich auf ihn.

Ich bin mir bewusst, dass ich ein einfacheres Leben haben könnte, eines mit einem möglicherweise gesunden Mann und nicht diese Herausforderung mit einem Mann, der diese schwere Krankheit hat. Hunderte Male habe ich darüber nachgedacht. Aber mein Gefühl fragt nicht nach rationalen Gründen. Ich finde ihn begehrenswert auch mit dieser Herausforderung. Oder vielleicht schätze ich ihn, gerade weil er solch ein Kämpfer ist. Andere Männer leben einfach nur in den Tag hinein, ohne Sinn und Verstand, schlagen die Zeit tot. Er hat vielleicht seine Gefühle, sein Verhalten, alles unter Kontrolle zu halten und er musste mich steuern, in der Annahme, dass ich ihn sicher in Kenntnis dieser Krankheit nicht haben wollte oder dass ich Dummheiten mache, die ich später bereue und mich auf den Pfad der Tugend zu meinem Anstand, zu meinem Mann zurückführen wollte. Er darf nicht, er ist anständig, obwohl er vielleicht liebend gerne gewollt hätte oder will.

Ich bin mir absolut bewusst, dass er diese Krankheit hat und welche Aufgabe auf mich warten könnte! Ich könnte es leichter haben, ganz gewiss. Doch mein Herz gehört vielleicht auch wegen der Krankheit ihm! Es macht ihn noch wertvoller, für mich noch attraktiver. Ja attraktiver! Ich nehme diese Aufgabe an. Ich muss verrückt sein, so etwas zu sagen, muss ich aber, da es so ist. Er ist doch ein Mann mit normalen männlichen Gefühlen und Bedürfnissen, ein ganz lieber Mann, obwohl er dieses Thema hat. Darf er denn keine normalen männlichen Gefühle haben? Ist er kein Mann, der noch einen Anspruch auf Glück in diesem Leben haben darf? Ich will ihn glücklich machen. Ja, ich will.

Meine Eltern haben sich mitten im Krieg kennen gelernt. Wenn diese Generation keine Risiken eingegangen wäre und nicht auf ihr Herz gehört hätte, hätte sich niemand verliebt in dieser Zeit, aus Angst, man verliert den anderen oder er kommt mit einer Verwundung wieder oder man macht schmerzhafte Erfahrungen. Nein, man sollte auf sein Herz hören. Und das tue ich hier.

Ich stehe hier und kann nicht anders, als mit klarem Verstand und warmen Herzen sagen: Ich liebe diesen Mann mit dieser Krankheit. Er ist ein toller Mann. Das hat er sicher nicht zu denken gewagt. Es ist aber so.

Falls dies der Grund für die dicke Mauer um sein Herz war, diese ist nicht nötig. Ich habe darüber hinlänglich nachgedacht und bleibe dabei: Er ist der Mann, auf den ich mein Leben lang gewartet habe.

5
Und was ist mit ihm?

Angenommen, er dachte, wenn er mich nur mit aller Gewalt wegjagt, wird er auch das Gefühl für mich los. Als könnte ich das Gefühl, welches auch immer er für mich hat, mitnehmen und er wäre mich und das Gefühl für mich los. Als ob das so einfach ginge.

Was ist dann am 16.04. bei Gericht passiert? Er musste den Eindruck erlangt haben, ich liebe ihn nicht mehr. Er hatte vielleicht vorher immer den Eindruck, ich bedränge ihn, verführe ihn, manipuliere ihn, wie er auch in der Begründung vom 06.01. geschrieben hat. Und was ist, wenn ich ihn nicht mehr bedränge, sondern aus seinem Leben trete? Er kann mir nun nichts mehr zuschreiben. Seine Gefühle kommen von ihm selbst, nicht von mir.

Was ist, wenn er alleine ist, mit dem Gefühl für mich?

Tags, nachts, auf dem Fahrrad, die Treppe hinunter gehend, vor dem Spiegel im Badezimmer. Das Gefühl beschleicht einen ohne Vorwarnung.

Er kann nun nicht mehr sagen, dass es von außen kommt, dass es von mir kommt, dass ich ihn manipuliere. Selbst, wenn ich tot wäre, wäre das Gefühl für mich immer noch da! Es kommt aus seinem Innern, von ihm selbst. Nichts mehr wird bedrängend aufoktroyiert. Jetzt kann er die Quelle orten, das Gefühl als sein eigenes identifizieren und nicht mir zuschreiben, denn es kommt nicht von mir, sondern von ihm, egal, wie er sich wehrt, ob er dieses Gefühl haben will oder nicht! Es kommt von seinem Innern und ist ein Teil geworden, von ihm selbst.

Dann, und nur dann, wird er sich gewahr, was ER für mich empfindet! Und das wollte ich bei den Spaziergängen erfahren. Es wäre zu früh gewesen. Jetzt erst spürt er es.

Was macht er dann mit dem Gefühl, wenn es auf seiner Seite ebenfalls Liebe sein sollte? Er kann nun nicht mit mir in Kontakt treten. Wir haben eine Mauer aufgebaut.

Zuerst war es ein intensives Beschäftigen mit einer

anderen Person. Dann bündeln sich Gefühle für diese Person. Ein Bereich im Gefühlsleben wird aufgebaut. Man wehrt diese Gefühle ab und beschäftigt sich noch mehr mit dieser Person. Es kann dadurch sein, dass man den gesamten Tag damit befasst ist, diese Gefühle einzuordnen, sich dagegen zu wehren, sie zu verdrängen, sich dagegenzustemmen. Umso mehr man sich dagegen wehrt, umso mehr Zeit und Engagement wird für diese Person investiert.

Dieser Raum, den man dieser Person gibt, der bleibt! Er wird mal mit positiven Gefühlen, mal mit negativen Gefühlen gefüllt. Aber das **Territorium**, wenn man so will, hat sich das Gefühl für die Person geschaffen. Man befasst sich mit der Person. Und dieser Raum geht dem Partner verloren! Dauerhaft. Egal mit welchen Gefühlen man sich mit der anderen Person beschäftigt, ob mit Aggressionen oder mit Liebe. Es ist ein Territorium, welches dem Partner abgezogen wird. Das ist der Entfremdungsprozess. Man verwandelt sich, man verliert den Partner aus dem Blick, eine Entwicklung, die der Partner nicht mit durchlebt.
Man hat intensive Gefühle für eine andere Person in sich. In beide Richtungen.
Nun ist es so, dass man von der anderen Person besser loskommt, wenn diese Person Anlass bietet, sie

nicht zu mögen. Wenn diese Person ein vorwerfbares Handeln an den Tag legt. Bedrängt, demütigt, eine schlechte Person ist, die Grenzen überschreitet.

Was aber, wenn diese Person nicht schlecht ist, wenn sie nichts Vorwerfbares tut? Im Gegenteil, wenn sie auf die Strafanträge verzichtet, alle Nachteile auf sich nimmt, eine grenzenlose Liebe an den Tag legt, schützend, nachsichtig, verständnisvoll, liebevoll, gar zärtlich ist? Wie soll man für diese Person dann schlechte Gefühle aufbauen, damit man von dieser Person loskommt? Schwer! Sehr schwer, oder? Ich liefere ihm leider keinen Grund, dass er mich ablehnen könnte. Er muss froh sein, dass ich ihn nicht an seine Frau verrate, dass ich ihn schütze, mit all seinen Unwahrheiten über die Gegebenheiten bei der Arbeit, von seinen Handlungen, von meinen Handlungen, von seinem Gesundheitszustand. All das fördert ein Gefühl, gegen das er sich dann nicht mehr stemmen kann. Liebe. Er findet keinen Grund mehr, dieses Gefühl zu bekämpfen.

In seinem Innern hat er mit den vielen Aggressionen so einen großen Raum für mich vorgesehen, dass er diesen Raum füllen muss. Man kann die Gefühle nicht umwidmen, überschreiben, seiner Frau oder dem

Sport zuschreiben. Es haftet an der Person. Die Person ist präsent. Und wenn er versucht, dieses Gefühl zu bekämpfen, erhält er den Stellenwert der Person. Denn er kämpft gegen das Gefühl für die Person, also ist die Person wieder präsent. Das Territorium wird fixiert! Ein Kreislauf.

Was macht es mit ihm im täglichen Leben? Er hat mich in sich, präsent, vermutlich mit der gleichen Ambivalenz, wie ich.
Und nun hat seine Frau Anspruch auf ihren Anteil an seinen Gefühlen. Sie möchte Liebesbeweise haben. Er muss sie ihr geben. Es ist seine Pflegeversicherung. Sie muss diesen Raum bekommen, er steht ihr aufgrund des Ehevertrages zu. Es MUSS ihm gelingen, in seinem Innern für sie wieder einen Raum zu schaffen, Gefühle für sie zu schaffen. Diese treten in Konkurrenz zu den Aggressionen oder anderen Gefühlen zu mir. Wird ihm das Kunststück gelingen, für sie, die er seit 35 Jahren oder mehr kennt, Gefühle zu entwickeln und zu zeigen, die authentisch sind? Kann er diese zeigen? Wird er die Gefühle vorspielen können? Kann man Liebe und Zuneigung spielen, wenn das Innere zu einem hohen Anteil mit einer anderen Person befasst ist?
Es wird ihn ärgern, dass er sich selbst nicht im Griff

hat. Sich nicht diktieren kann, wie groß der Raum sein soll, den er mir geben möchte. Dieses Zurückkämpfen der Gefühle kostet enorm viel Kraft.

Man versucht den Situationen auszuweichen, bei denen man die Zuneigung zeigen muss. Sport, außerhäuslicher Aufenthalt. Man findet Gründe. Die Konfrontation mit dem Ehepartner wird zu einer enormen Herausforderung. Dadurch entfremdet man sich noch mehr. Er weiß, dass er mir den Kampf nicht zuschreiben kann. Ich halte mich ordentlich zurück. Er muss diesen Kampf mit seinen Gefühlen zu mir, die in Konkurrenz zu den Erwartungen seiner Frau treten, selbst führen.

Was ist, wenn er nicht mehr kann? Ihm die Kraft ausgeht. Wenn er erkennen muss, dass er gegen diese positiven und negativen Gefühle für mich nicht ankommt auf Dauer. Er kann unmöglich zwei Frauen in gleicher Weise mit Gedanken, Gefühlen und Raum in sich leben lassen.

Und seine Frau wird spüren, wenn er nicht bei ihr ist. Wenn er sich ihr nicht mehr, wie früher, widmet. Wenn er nervös zur Tür rennt, wenn die Post kommt, wenn es an der Tür klingelt. Er ist wird auch im Alltag nervöser sein, obwohl er doch nach der Gerichtsverhandlung vom 16.04. und der auf ewig ausgestellten

Abstandsverfügung eigentlich entspannt sein sollte. Sie wird die Veränderung an ihm wahrnehmen, ihn darauf ansprechen und nun kann ich nicht mehr als Ausrede herhalten. Was soll er sagen? Er wird es empfinden, als würde sie ihn bedrängen. Er möchte es nicht sagen. Schon wird er sich von seiner Frau bedrängt und belästigt fühlen. Sie will etwas von ihm, was er ihr nicht geben kann. Und nun beginnt wieder ein neues, ganz persönliches Drama mit seiner eigenen Frau, der er die Wahrheit über mich und seine Krankheit nicht sagen will. Wir wissen, wie er sich verhält, wenn er sich bedrängt und belästigt fühlt! Er hat bei mir die Polizei geschickt. Das kann er bei einer dritten Person tun. Nicht aber bei seiner Frau. Er wird aggressiv werden zu ihr und sie zurückstoßen. Sie spricht ihn auf seine Wesensveränderung an und distanziert sich. Genau das, was er nicht gebrauchen kann, im Hinblick auf seinen Gesundheitszustand. Er kann ihr nicht berichten, weshalb er so aggressiv und nervös ist. Das akzeptiert sie vielleicht einmal, zweimal. Dann nicht mehr.

Er wird die Situationen mit ihr scheuen. Ein ganzer Urlaub von Wochen wird zu einem Horrorszenario. Auf dem Fahrrad, außerhalb des Hauses, weg von ihr, das geht. Vielleicht noch viele Freunde dabei. Aber nicht

im täglichen Kontakt, rund um die Uhr. Also müssen Freunde, die Familie, andere eben dabei sein oder er eben eine intensive Beschäftigung suchen. Ein Grund, noch mehr abzunehmen.
Es gibt aber zweisame Zeit, sie wird ihn beobachten. Er kann nicht dauerhaft flüchten. Nicht ewig. Er hat aber für mich einen Raum geschaffen über die Dauer von fast einem Jahr.

Wenn ich die Entfremdung spüre von meinem Partner, obwohl ich diese Ambivalenz in mir habe, könnte ich mir gut vorstellen, dass er diese Entfremdung ebenfalls spürt. Man will sich nicht mehr anfassen lassen. Eine Herausforderung für den Partner. Für ihn ist es lebenswichtig, dass er innerlich zu seiner Frau zurückkehrt. Und was ist, wenn es ihm nicht gelingt? Ist er dann genau so ein verirrtes kleines Lämmchen, wie ich, die auf ihn wartet?
In diesem Fall würde er auf der einen Seite der Abstands-Verfügungs-Mauer leiden und ich auf der anderen. Beide könnten wir uns nach dem anderen sehnen. Aber wir können nicht in Kontakt treten, haben uns vor Gericht diese Bürde auferlegt. Die Abstandsverfügung kann vor Gericht nur von **uns beiden** gemeinsam aufgehoben werden! Wir müssten uns absprechen.

Ich bin immer noch bereit, mit ihm in die Zukunft zu gehen. Mein Partner ist darüber im Bilde!

Dieser innere Prozess wird seine Einstellung zu meiner Liebe verändern. Er wird, wenn ich ganz viel Glück habe, seine Liebe zu mir entdecken. Ich wage es kaum, so etwas zu denken. Ein **Füllhorn voller Glück** würde sich über mich ergießen, wenn auch er mich lieben würde und den Mut hätte, sich das Glück zu greifen, wenn er nicht den Rest seiner Tage nur auf das Ende warten möchte, nur, um mich zu schonen oder aus sonstigen Gründen.

Wenn die Zeit und die Distanz ihn zu der Erkenntnis gebracht hätte, dass er etwas für mich empfindet und dass ich bei ihm eine Chance habe, vielleicht tritt er mit mir in Kontakt und sagt mir ein paar Worte, die unendlich kostbar für mich wären. Welch ein wunderbarer Gedanke!

Wie gerne würde ich einen Teil des Jakobswegs mit ihm zusammen machen, wenn er noch möchte und viele andere Dinge mehr!

Er sollte sich bald melden, da mir die Kraft ausgeht, die Ambivalenz auszuhalten, denn mein Herz lässt ihn nicht los. Er muss mich nicht lieben, mir aber sagen, wie es um sein Herz steht, damit ich Klarheit habe, damit ich das Thema loslassen kann. Er soll sagen, ob er nur mental beschäftigt war, mit mir oder ob er etwas für mich empfunden hat oder empfindet und wie es weiter geht. Und ob er auch jetzt, in Kenntnis der Hintergründe, genauso vorgegangen wäre. Es sollte dringend die Wahrheit sein. Wenn er mich nicht liebt und dies mir mitteilt, halte ich mich an die Abstandsverfügung.

Mir ist in den letzten Monaten klar geworden: Eine Spielerei oder Schwärmerei kann er sich in seiner Lage nicht erlauben. Er kann seine wahren Gefühle nur in dem Fall äußern, wenn er die Sicherheit haben kann, dass ich ihn voll und ganz liebe und bereit bin, diese Aufgabe auf mich zu nehmen. Jeden anderen Fall kann er sich nicht leisten und es müssen die Gefühle unbedingt bei sich und bei dem anderen mit Gewalt zurückgedrängt werden. Ich habe verstanden. Ich liebe ihn.

Ich jedenfalls musste dieses Buch schreiben. Ich wollte es Euch mitteilen, wie es ist, wenn man in sich den Wandel von Wut in Aggression und anschließend den Wandel von Aggression in Liebe beobachtet. Unglaublich intensiv! Ich kann durch diese Erkenntnis vieles verstehen, was mir vorher verborgen schien. Eine sehr wertvolle Erfahrung.

Die Außenwelt bekommt davon überhaupt nichts mit. Es sieht von außen immer noch nach Aggression aus! Wir beide haben uns gegenseitig Abstandsverfügungen erteilt. Es sieht nicht nach Liebe aus!

Und tatsächlich, dadurch, dass ich keine Strafanträge stelle, von deren Möglichkeit nur er und ich wissen, durch die Darstellungen meinerseits bei Gericht am 16.04. kann niemand sonst sehen, dass hier noch etwas schwelt, dass hier noch Wandel möglich ist.

Er könnte mich auch in seinem Herzen verstecken, in der Annahme, dass ich ihn wohl nicht mehr liebe.
Liebe, das habe ich gelernt, kann auch getrennt stattfinden. Selbst, wenn die Liebe nicht gezeigt werden darf oder es gefährlich ist, die Liebe zu zeigen, kann sie doch da sein.
Nein, ich muss sagen, sie wird da sein, sie wird sich durchsetzen, da sie sich nicht verbieten oder in irgendeiner Weise beeinflussen lässt. Man kann sie zu verstecken versuchen und ich denke, tatsächlich lieben kann man nur eine Person wirklich. Man hält die Show nicht lange durch.

Ich erlebe die Liebe. Ich habe nun Klarheit darüber,

was Liebe ist. Ein Gefühl, welches nicht vielen Menschen vergönnt ist, zu erleben. Ich kann bei den Menschen in meiner Umwelt erkennen, wer bereits wirklich Liebe erfahren durfte und wer nicht. Liebende erkennen andere Liebende sofort, sie äußern sich übrigens zu dieser Geschichte völlig anders. Wenn man so will, ist es ein Geschenk Gottes. Eines, welches unabhängig von seiner möglichen Liebe existiert.
Es erinnert mich an das Zitat von Henry David Thoreau, welches ich an seinem Abschied gesagt habe:
„Ich ging in die Wälder, denn ich wollte wohlüberlegt leben; intensiv leben wollte ich. Das Mark des Lebens in mich aufsaugen, um alles auszurotten, was nicht Leben war. Damit ich nicht in der Todesstunde innewürde, dass ich gar nicht gelebt hatte."

Genau dieses Zitat hat sich durch die Erfahrung der letzten Monate bei mir erfüllt. Es ist eine sehr intensive Zeit. So qualvoll sie auch war und immer noch ist, so prägend und heftig sie auch war und ist, am Ende zeigte sich, welches Gefühl stärker ist: Es ist nicht der Hass, es ist die Liebe.

Und wenn er dort auf seinem Lieblingsplatz sitzt und an mich denkt, soll es ihm warm werden und er soll auch mein Lächeln vor sich sehen, mein Strahlen in den Augen, das Strahlen von unserem Flirt, es gilt ihm! Es soll ihm sein bezauberndes Lächeln über das Gesicht ziehen und er soll zärtlich an mich denken. Er hat ein wunderschönes Lächeln. Und da ist sie wieder, diese unveränderliche Liebe zu ihm, seinem Wesen, wie ich ihn empfinde. Ich kann nicht anders. Ich liebe diesen Mann.

Und wenn ich wüsste, dass er morgens im Bett an mich und meine Liebe zu ihm denkt und es ihm in irgendeiner Weise die Schmerzen, von denen er keiner weiteren Menschenseele berichtet hat, erträglicher gestaltet, hätte sich für mich alles gelohnt.

Ende

Charlotte Engel